Franz Kafka

Das erzählerische Werk

100 YEARS

审判（上）

卡夫卡小说全集（纪念版）

[奥] 弗兰茨·卡夫卡 著
韩瑞祥 译

U0529001

人民文学出版社
PEOPLE'S LITERATURE PUBLISHING HOUSE

译者前言

小说《审判》是“卡夫卡风格”最有代表性的作品之一。1914年8月，弗兰茨·卡夫卡与他的未婚妻费莉策解除了婚约之后，开始写作《审判》。到1915年初，这部未完成的传世之作便永远搁浅了。卡夫卡生前视这部小说为“艺术败笔”，惟独喜爱的是“在大教堂里”一章中所描写的守门人的故事，并且拿出来取名为《在法的门前》屡次发表。值得庆幸的是，卡夫卡的好朋友马克斯·布罗德于1925年首先整理出版了作者要求付之一炬的《审判》，称其为卡夫卡“最伟大的作品”。

《审判》写的是银行高级职员约瑟夫·K的遭遇。一天早晨，K莫名其妙地被法院逮捕了。奇怪的是，法院既没有公布他的罪名，也没有剥夺他的行动自由。K起先非常愤慨，尤其在初审开庭时，他慷慨激昂地谴责司法机构的腐败和法官的贪赃枉法，并决定不去理睬这桩案子。但日益沉重的心理压力却使他无法忘掉这件事，他因此厌恶起银行的差事，自动上法院去探听，对自己的案子越来越关心，并为之四处奔走。然而，聘请的律师却与法院沆瀣一气，除了用空话敷衍外，一直写不出抗诉书。K 去找法院的画师，得到的回答是：法院一经对某人提出起诉，它就认定你有罪，谁也改变不了。最后在教堂里，一位神甫给他讲了“在法的门前”的故事，晓谕他“法”是有的，但通往“法”的道路障碍重重，要找到“法”是不可能的，人只能低头服从命运的安排，一切申诉都是无谓的申诉。小说结尾，K 被两个穿黑衣服的人架到郊外的采石场处死。

《审判》是一部荒诞的、非理性的小说，是“卡夫卡风格”形成的标志。作者运用象征和夸张的艺术手法，寓言式地勾画出一个既熟悉又陌生的世界。一方面，这部小说近乎自然主义地描写了 K 的心理情绪和行为，平淡无奇的人情世态在细节上显得真切、明晰；另一方面，它的艺术结构多线交织，时空倒置，所描写的事件与过程突如其来、不合逻辑，甚至荒诞不经，让人感到如陷迷宫。充满悖谬的寓言“在法的门前”构成了《审判》艺术表现的核心：一个乡下人来到“法”的门前，守门人却不让他进去，于是他等候通往“法”的门被打开，直到生命的最后一息。弥留之际，他却得知那扇就要关闭的门只是为他开的。K 为了还自己清白寻求“法”的公正，却越来越深地陷入任人摆布、神秘莫测、似真似幻的天罗地网里。“法”似乎很近，却又很遥远；法官、律师的态度含含糊糊，模棱两可；法律条文似是而非，难以捉摸。K 在“法”制造的迷宫里无所适从，无能为力，无论怎样抗争都是徒劳的。与此同时，他作为上层社会的一员，又属于他与之相对立的“法”的一部分，因此也陷入自我矛盾之中，产生强烈的负罪感。他在审视自己的时候，周围的一切也显得那么朦胧模糊，变化莫测，像比喻一样虚幻。因此，他除了傲视一切的绝望以外，简直什么也没有了。K 面对现实和自我始终处在审判和自我审判的重重矛盾之中，生活在透不过气的压迫感里。这种压迫感恰恰来自那无所不在的，可又无处寻觅、幽灵似的“法”：在这法庭一切活动的背后，存在着一个“庞大的机构”，它雇用和豢养了一群大大小小的帮凶，它的存在就是滥捕无辜，给他们施加荒唐的审判。既然有这样一个是非不分、贪赃枉法和藏污纳垢的庞大机构凌驾于一切之上，那么，发生在这里的一切荒诞的东西便成了习以为常的，一切不可思议的东西都成了合情合理的。因此，K 无缘无故被捕又不明不白被处死也就不足为奇了。“恐怕很少有作家在他们的作品中把握世界和再现世界的时候，能把对世界上从未出现过的事物的奇异像他（指卡夫卡）的作品中那样表现得如此强烈。”（卢卡契）

无论世人如何把《审判》作为完整的艺术创作来理解和认识，它毕竟是一部未完成的作品。一方面，卡夫卡在写作《审判》的时候，把结尾一章与开头一章同时付诸笔墨，似乎在逮捕与处决主人公之间要铺垫一条必然发展的道路。但小说的各个章节则仅仅表现为约瑟夫·K遭受折磨、在情节上往往相互若即若离的阶段而已；它们虽然以一定的顺序排列，但绝非总是符合事件发展的必然过程。卡夫卡始终在不同的地方，遵循着“分段建造的体系”，让情节以多线条展开，正如他后来在小说《中国长城建造时》中所表现的。另一方面，《审判》的手稿写在十个四开本上；为了把手稿弥合成一体，卡夫卡把其中散落的章节从这些手稿本里分了出来，从而形成了这部小说的两个部分，即完成的和未完成的。《审判》的校勘本（德国菲舍尔出版社1994年版）正是根据作者的手稿，突出了这两个部分的划分，尤其为翻译和认识这部作品提供了很有价值的参考。这便是译者选择该底本的初衷。

小说《审判》在卡夫卡的整个创作过程中占有十分重要的地位，是卡夫卡留给后人的一个仁者见仁智者见智、永远也解不尽的谜。《审判》从问世以来历经近百年的沧桑，但时至今日依然是世界文坛上经久不衰的现代派文学经典，同样也很受我国读者喜爱。此次再版，译者对收录在《卡夫卡小说全集》中的《审判》译文进行了全面的修订。作为喜欢卡夫卡的读者，译者在此愿与所有对卡夫卡感兴趣的同仁继续共勉。

韩瑞祥

2019年4月于北京

INHALT

目 次

残章断篇

Franz Kafka

Das erzählerische Werk

Der Prozess

逮捕

一天早上，约瑟夫·K莫名其妙地被逮捕了，准是有人诬陷了他。每天一早八点钟，女房东格鲁巴赫太太的厨娘总会给他送来早点，今天却没有来。这种事还从来没有发生过。K倚着枕头向窗外望，发现住在对面楼上的老太太异常好奇地注视着他。K饿着肚子，也感到很奇怪，便按响了铃。随即有人敲了敲门，一个他在这栋楼里从来没有见过的男人走了进来。这人长得修长，但看上去却很结实。他穿着一身得体的黑衣服，上面有各种褶线、口袋和纽扣，还有一条束带，显得特别实用，活像一个旅行者的装扮。但K并不明白这一切是派什么用场的。“你是谁？”K从床上欠起身子问道。但是，这人并不理睬K的问话，好像他的出现是理所当然的。他只问道：“是你按的铃吗？”“安娜该给我送早点了。”K说完便不做声了；他聚精会神地打量着，心里琢磨着，竭力想弄清楚来者到底是什么人。然而，这人不大会儿就避开了他打量的目光，转身走到门口，打开一条缝，向显然紧站在门外的人报告说：“他说要安娜给他送早点来。”旁屋随之响起一阵短暂的哄笑声，听声音也弄不清屋里有几个人。虽然这陌生人并没有从笑声中悟出是怎么回事，可是他却像转达通知一样对K说：“不行。”“简直不可思议，”K说着从床上跳起来，匆匆穿上裤子，“我倒要瞧瞧，隔壁屋里都是些什么人，看看她格鲁巴赫太太怎么来给我解释这莫名其妙的打扰！”但是，他立刻意识到，他不该大声这么说，这样做不就等于在一定程度上承认了陌生人对他的监视权了吗？到了现在这份儿，他觉得这也没有什么大不了的了。但是，陌生人毕竟不是那样想的，因为他问道：“难道你不觉得呆在这儿更好吗？”“如果你不说明你来干什么，我就不愿意呆在这里，也不想搭理你。”“我可是好意。”

陌生人说着便有意把门打开。K 走进隔壁房间，脚步慢得出乎他的意外。一眼看去，屋子里的一切似乎像头天晚上一样依然如旧。这是格鲁巴赫太太的客厅，满屋子都是家具、陈设、瓷器和照片。也许客厅的空间比往常大了一些，但是一进屋是看不出来的，更何况屋里的主要变化是有一个正坐在敞开的窗前看书的男人。他抬起头来望着 K。“你应该呆在自己的屋子里。难道弗兰茨没有告诉你吗？”“说过，你究竟要干什么？”K 一边说，一边把目光从这个刚认识的人身上移向站在门旁的弗兰茨，然后又移了回来。穿过敞开的窗户，K 又看见了那个老太太。她面带老态龙钟的好奇走到正对面的窗前，想再看看眼前发生的一切。“我要见格鲁巴赫太太——”K 边说边挥舞着两臂，仿佛要挣脱开两位站得距他还很远的人走出去。“不行，”坐在窗前的那个人说着将手里的书扔到桌上，站了起来，“你不能走开，你已经被捕了。”“原来是这样，”K 说，“那么究竟为什么呢？”他接着问道。“我们不是来告诉你为什么的，回到你的屋子里去等着吧。你已经有案在身，到时候你自会明白的。我这么随随便便跟你说话，已经超越了我的使命。但愿除了弗兰茨以外，谁也别听见我说的话。弗兰茨自己也违反规定，对你太客气了。你遇上我们这样的看守，算你走大运了；如果你还继续这样走运的话，就可以有好结果。”K 打算坐下来，可是他看了看，屋里除了靠在窗前的一把椅子外，没有地方可坐。“你将会明白，这些都是真心话。”弗兰茨说着和另外那个人同时朝 K 走过来。那人要比 K 高大得多，他不停地拍着 K 的肩膀。两人仔细地看着 K 的睡衣说，他得换件普通的睡衣，他们愿意保管这件睡衣和他的其他衣物。一旦他的案子有了圆满的结果，再一一还给他。“你最好把这些东西交给我们保管，可别交到仓库里，”他们说，“因为仓库里经常发生失窃的事；另外，到了仓库里，过上一段时间，不管你的案子有没有结果，他们都会把你的东西统统卖掉。天晓得像这样的案子会拖多久，近来就更说不准了！当然，你最后从仓库里也能拿到变卖来的钱，不过这钱到了你手上已经少得可怜，因为拍卖时不管叫价的高低，只看贿赂的多少。其次大家都清楚，这样的钱一年一年地转来转去，每经一道手都要雁过拔毛。”K对这些话几乎毫不在意；他并不看重他或许还有权支配自己所有的东西。对他来说，更重要的是弄明白自己现在的处境，然而有这帮人在身边，他简直无法思索。第二个看守一直用肚皮顶着他的身子——只有看守们才会这样——，似乎显得很亲热。但是，K抬起头来一看，只见一副又干又瘪的面孔，一个大鼻子歪向一边，这面孔与那肥胖的躯体毫不相配。他正在K脑袋上方与另外那个看守商量着什么。这些人到底是干什么的？他们在谈什么呢？他们是哪家的人？K不是生活在一个天下太平、法律刚正的法治国家里吗？谁竟敢在他的寓所里抓他呢？K一向喜欢对什么事都尽量抱着满不在乎的态度；只有当最糟糕的情况发生了时，他才会相信真的是这个样；不到灾祸临头，他根本不会去替明天操心。可是此时此刻，他觉得这种态度并非可取，也就是说，他可以把这一切当作是一场玩笑，当作是银行里的同事跟他开的一场不大高明的玩笑，只是他不明白其中的缘由罢了。也许是因为今天是他三十岁的生日吧，这当然是可能的。也许他只消心照不宣地朝着这两个看守的脸笑笑，他们准会一同笑起来。也许他们就是在街道拐角处干活的搬运工，——他们的样子倒很像。尽管如此，他从一看见那个叫弗兰茨的看守时起，就打定主意，不放弃他面对这两个人可能占有的优势，哪怕是一丝一毫的优势。即使尔后有人会说，他连开玩笑都不懂，他也觉得没有什么大不了。但是，他大概回想起了——他向来就没有吸取教训的习惯——几桩说来无足轻重的往事，因为不听朋友的劝告，一点儿不考虑会造成什么样的后果，草率行事，结果不得不去自食其果。那样的事不能再发生了，至少这一次不能重蹈覆辙。如果这是一场喜剧的话，那我就要奉陪到底了。

他还是自由的。“对不起。”他说，随之从两个看守中间穿过去，急匆匆地回到他的屋里。“他好像挺能沉得住气。”他听到身后有人这样说。他一到自己屋里，立刻拉开写字台的抽屉，里面的一切摆放得井井有条，可是由于情绪激动，他恰恰要找的身份证件一时却找不见。最后，他找到了自己的自行车牌照，打算拿去出示给看守，可是又觉得这玩意儿太不管用。他继续翻来找去，总算找到了出生证。当他再回到隔壁房间时，对面那扇门打开了。格鲁巴赫太太正好也想进去。她一瞧见 K 的那一刹那，显得十分窘迫，K 差点儿还没有看出她来，她说了声对不起就消失在门后，而且小心翼翼地关上了门。“进来吧！”K还来得及说的就是这句话。可是，他拿着身份证件，站在屋子中央，眼睛只是直望着那扇再也不会打开的门。看守们一声喊叫，才使他醒悟过来。他发现他们坐在窗前的小桌旁瓜分着他的早点。“她为什么不进来呢？”K问道。“不许她进来，”高个子看守说，“就是因为你被捕了。”“我究竟怎么会被捕呢？如此的莫名其妙？”“怎么，你又来劲啦，”那看守一边说，一边把一块涂着黄油的面包放到蜂蜜罐里蘸了蘸，“我们不回答这样的问题。”“你们必须回答，”K说，“这儿是我的身份证件，现在让我看看你们的，首先是拘捕证。”“哎呀，我的天哪！”那个看守说，“你不能老老实实地听命于自己的处境，你好像存心要惹我们发怒，别白费气力了。我们现在可能比任何人对你都要好！”“一点儿不错，你要相信这个。”弗兰茨说。他手里端着咖啡杯，没有送到嘴边，久久地注视着K。他的目光看上去意味深长，可是令人费解。K很不情愿地与弗兰茨对视着。然后，他拍着手中的证件说："这儿是我的身份证件。""你的证件关我们什么事？"高个子看守喊道，"你的表演让人讨厌，连个小孩子都不如。你究竟想干什么？你凭什么身份证件和拘捕证跟我们这些看守纠缠不休，难道你以为这样就可以使你这桩讨厌的案子早点结束吗？我们不过是地位卑微的职员，哪里管得着什么身份证件之类的事。我们不过是每天看管你十个钟头，拿工钱罢了，和你的案子毫不相干。这就是我们能做的一切。可是话说回来，我们也能看得出来，我们为之服务的当局在下这样的拘捕令前，都会十分审慎周密地弄清拘捕的理由和被捕人的情况。这可是不会有错的。就我所知——当然我只是了解最低一级的官员——，我们的官员们从来是不会错罪良民，而是按照法令行事，哪里有犯罪，就派我们这些看守去那里。

这就是法律。怎么会弄错呢？”“这种法律我可不懂。”K说道。“那你就更糟了。”那个看守答道。“想必法律也只是存在于你们的脑袋里。”K说道。他极力想弄清楚这两个看守的想法，使他们的想法为自己服务，或者使自己去适应他们。可是那个看守不容K再说下去。他说：“将来会有你好受的。”这时，弗兰茨插嘴说：“你瞧，威勒姆，他承认说他不懂法律，可是他又声称自己是无罪的。”“你说得很对，不过你根本没法让他这样的人明白道理。”另外那个看守说。K不再去搭理他们。“难道说，”他心想着，“我非得叫这些最下等的官员——他们自己承认是这样——的一派胡言乱语搞得神魂颠倒不可吗？他们喋喋不休的东西，至少连他们自己也一窍不通。他们的愚蠢才会使他们这么自以为是。要和一个与我水平相当的人交谈，只消说几句话，一切便一清二楚，而要跟这两个家伙就是没完没了地谈下去，也弄不明白什么。”他在屋子里的空地上来回踱了几次，看见对面楼上的那个老太太扶着一个年纪还要大得多的老头走到窗前。K觉得该让这场闹剧收场了。“带我去见你们的上司。”他说道。“那要等他下命令，先别这么着急。”那个叫威勒姆的看守说。“我倒要奉劝你，”他接着说，“回到你的房间去，安安静静地等着你的发落。我们劝你别再白费气力胡思乱想，神魂不安，还是集中精力为好。你将面临的是举足轻重的审讯。我们对你可是好心好意，而你待我们却不这样好。你别忘了，不管我们是什么人，现在比起你来，至少我们是自由的，这可不是微不足道的优势。不过，如果你有钱的话，我们乐意给你从对面的咖啡店里拿些早点来。”

K没有理睬他们所说的，默默地站了一会儿。如果他去打开隔壁的房门，或者甚至打开前厅的门，也许这两个家伙压根儿就不敢来阻拦，也许整个事情最简单的办法就是索性一不做二不休。可是，也许他们会来抓住他。一旦他栽到他们手里，那他现在在某些方面对他们还保持着的优势便会完全失去。因此他觉得不可操之过急，宁可稳妥，顺其自然。于是，他和看守们没有再说一句话，默默地回到自己的房间里。

他躺到床上，从洗脸架上拿来一个大苹果，这是他昨天晚上为早点准备好的。现在，这苹果就是他惟一的早点了。他吃了几大口，确实觉得挺可口的，怎么说也比那两个看守好心地要去那家肮脏不堪的通宵咖啡店里买来的东西好多了。他感觉精神不错，而且满有信心。虽然他今天耽搁了银行一上午的工作，但是凭着他在那里的地位，随便说说也就过去了。他要不要把不能去上班的真实理由讲出来呢？他打算这么做。如果他们不相信他的话——在这种情况下是可以理解的——，那么，他就可以让格鲁巴赫太太作证，或者也可以让住在对面的那两位老人作证，他们现在也许要走到对着他的窗前来。K 觉得奇怪，至少他对那两个看守的想法感到诧异：他们居然把他赶回屋里，让他单独呆在里面，使他大有自杀的机会。不过，他同时又从自己的思路出发扪心自问，他有什么理由自杀呢？难道是因为坐在身旁的这两个家伙侵吞了他的早点吗？自杀是多么的愚蠢呀；即使他想自杀，也不会这样做。这样做未免太愚蠢了。要是这两个看守不是如此赤裸裸的蠢笨的话，那么他真会以为，连他们也同样确信自杀是愚蠢的，所以才觉得让他一个人呆在屋里不会有什么危险。现在，他们想怎么监视随他们的便。他走到酒柜前，取出一瓶上好的烧酒，斟满一杯，一饮而尽，用来弥补早点，接着斟上第二杯，为了给自己鼓鼓气；有这么一杯垫底，必要时可以应付不测。

这时，隔壁屋里传来一声呼叫，他吓了一大跳，牙齿碰到酒杯上格格作响。“监督官叫你去。”有人这样喊道。正是这声叫喊使他感到十分吃惊。这是一声短促破碎、军令式的叫喊，他简直不敢相信这是看守弗兰茨发出来的。可是他盼的就是这个命令。“总算等到了。”他回敬了一声。他关上酒柜，立刻赶到隔壁屋里。然而，站在那儿的两个看守却走上前来又逼着K回到自己的屋里去，仿佛这是理所当然的。“你这样子来干什么？”他们呵斥道，“你穿着件衬衫就想去见监督官吗？他非得让人狠狠地揍你一顿不可，连我们也要跟着倒霉！”“放开我，见鬼去吧！”K大声喊道。这时，K已经被推到他的衣柜前。“你们从床上把人抓起来，还要他穿得衣冠楚楚，岂有此理。”“说这些都没有用。”两个看守说。K的嗓门越来越高，他们却变得非常平静，甚至有些沮丧，想借此把他搞糊涂，或者在某种程度上使他理智起来。“荒谬的讲究！”他气呼呼地说。可是他说着从椅子上拿起一件外衣，用两手提着展开来，好像是让这两个看守瞧瞧行不行。他们摇了摇头。“一定要穿黑衣服。”他们说。K 随手把这件衣服扔到地板上说：“这还不是主要的审判。”他自己也不明白说这话是什么意思。两个看守笑了笑，可是依然坚持他们的意见：“一定要穿黑衣服。”“如果我这样做能使案子审理得快些，那我也就觉得值得了。”他自己打开衣柜，在里面翻腾了半天，选出了他那套最好的黑衣服。这是一套腰身考究的西装，凡是见过的人都赞不绝口。然而，他又挑了一件衬衫，开始精心地穿戴起来。他暗暗地庆幸两个看守居然忘了要他去洗一下澡，因此而加快了整个案子的进程。他默默地注视着两个看守，看他们还会不会想起来让他去洗澡。但是，他们哪里会想到这事。相反，威勒姆倒没有忘记让弗兰茨去报告监督官，K 正在换衣服。

他一穿戴完毕，就得穿过已经没有人影的隔壁房间，走向紧邻的那间屋子。威勒姆紧紧地跟在他的后面。这间屋子的两扇门已经打开。

K 知道得很清楚，这屋里住着一个叫毕尔斯泰纳的小姐，是个打字员，前不久才搬来这里住。她通常很早就去上班，很晚才回家，K 跟她不过是碰上面打打招呼而已。现在，她的床头柜已经搬到屋子的中央当审判桌，监督官就坐在审判桌的后面。他跷着两腿，一只手搭在椅背上。

在屋子的一个角上站着三个年轻人，观看着毕尔斯泰纳小姐别在墙布上的照片。窗户敞开着，把手上挂着一件白衬衣。那两个老家伙又倚靠在对面的窗前，而且他们的圈子扩大了，在他们身后还站着一个又高又大的男人。那人穿着一件汗衫，敞着怀，手指在那发红的山羊胡子上捋来捋去。“你就是约瑟夫 · K 吗？”监督官问道。他也许只是想把 K 心不在焉的目光引到他身上来。K 点了点头。“今天早上发生的事一定让你受惊了吧？”监督官一边问，两手一边不住地摆弄着小桌上的几样东西：蜡烛、火柴、一本书和一个针插，仿佛这些东西是他审讯时必不可少的。“那还用问，”K 回答道，他禁不住感到了莫大的轻松，终于碰到了一个明理的人，能够跟他谈谈自己的事了，“不用说，我是受了惊，不过也绝非是什么大不了的。”“不是什么大不了的？”监督官问道，他说着把蜡烛放到小桌子中间，把其他东西摆在蜡烛的周围。“也许你误解了我。”K 赶紧解释说。“我是说，”——K 话没说完就停住了，他朝四下看了看，想找一把椅子，“我想我可以坐下来说吧？”他问道。“这可没有先例。”监督官回答道。“我是说，”K 没有再停下来，“我当然受惊不小，不过一个在世上活了三十多年的人单枪匹马闯荡搏击，注定不会为意外的事所左右，也不会把它看得那么严重。对今天这件事尤其是这样。”“为什么对今天这件事尤其是这样呢？”“我并不是想说，我把今天发生的一切当作在开玩笑；要这么说的话，我就觉得为此所做的准备显得太周全了。那么公寓里所有的人，以及你们几位都得参与了。这样的玩笑未免太过分了。我确实并不是想说，这是一个玩笑。”“一点不错。”监督官一边说，一边察看着火柴盒里有多少根火柴。“但是，从另一方面来说，”K接着说下去，他扫视了一下在座的，甚至想把那三个观看照片的人的注意力也吸引过来，“但是，从另一方面说，这事也没有什么大不了的。我这么说当然是有根据的：有人指控了我，但是我一点也找不出我犯了什么别人可以用来指控的罪过。不过这是无关紧要的，主要的问题在于是谁指控了我？什么样的机构来审理这个案子？你们是法官吗？你们没有一个人穿着制服，如果你的衣服，”他说着转向弗兰茨，“也不算作制服的话。而你的衣服倒更像旅行者的打扮。这些问题我要求得到一个明确的解释。我相信，只要事情说清楚了，我们就会十分愉快地各走各的路。”监督官把火柴盒往小桌上一扔。“你完全弄错了，”他说，“对你的案子来说，在座的几位先生，都是些无关紧要的人物。其实我们对这案子也是一无所知。我们是可以穿上最正规的制服，你的案子丝毫也不会变得更糟。我也绝对不可能说有人指控了你的话，或者更多类似的话，我并不知道是否是这种情形。你被捕了，这是毫无疑问的，更多的我就不知道了。或许看守对你唠叨了些什么别的事，那不过是瞎说说而已，即使说我答复不了你提出的问题，不过，我倒可以忠告你一句：少在我们身上打主意，少想想你将会怎么样，最好还是多想想你的处境。别再这么大声嚷嚷你是清白无辜的，这反而会损坏你在其他方面给人留下的还不错的印象。你也要少开口为好，你刚才所说的那一番话，谁都会认为是你的态度的表露。难道你少说几句不行吗？再说你那样做对你有什么好处呢？”

K目不转睛地看着监督官。难道他就听着一个可能比自己还年轻的人振振有词地来教训吗？难道他要为自己的坦诚而遭受斥责吗？难道他无法得知为什么被捕和下令逮捕的幕后人吗？他禁不住激动起来，在屋里踱来踱去，谁也不阻拦他。他摸摸袖口，又摸摸胸前的衬衫，捋了捋头发，走过那三个人身旁时说：“真是荒唐！”这三个人不约而同地转过身来，和善而严肃地打量着他。最后，K又在监督官的桌前停住脚步。“哈斯特尔律师是我的好朋友，”他说，“我可以打电话给他吗？”“当然可以，”监督官回答道，“不过我不明白给他打电话会有什么意义，除非你有什么私事要跟他商量。”“你还问有什么意义？”K喊了起来，与其说是大动肝火，倒不如说是惊慌失措，“你到底是什么人？你口口声声问我有什么意义，而你自己在做的不正是这世上最无意义的事吗？这未免太荒唐了吧？你们先是闯进我的屋里来抓人，现在围在这儿，坐的坐，站的站，而且要让我像表演高超的骑术一样来给你表演。既然你们声称我被捕了，那么跟律师打电话还有什么意义呢？好吧，我不用打电话了。”“你爱打就打吧！”监督官边说边伸出手指向前厅，那里放着电话，“请便，去打吧！”“不，我不想打了。”K说着走到窗前。对面楼上，那几个人依然守在窗前袖手观望。当K出现在窗前时，他们似乎才有点不好意思。两个老家伙想起身走开。然而，站在他们后面的那个人让他们别在意。“那边也有这样看热闹的。”K手指向外一指，对着监督官大声说道。“走开！”他接着朝对面吆喝一声，那三个人立即往后退了几步，两个老家伙竟退到了那男人的背后，他用魁梧的躯体遮挡住他们。看他嘴唇嚅动的样儿，准是说了些什么。只因相隔太远，无法听见。但是，他们并没有完全走开的意思，好像在等待着时机，再悄悄地回到窗前来。“死皮赖脸、肆无忌惮的东西！”K说着身子又转回屋里。他向旁边瞥了一眼，似乎发现监督官可能也是这样想法。但是，监督官也可能根本就没有听，因为他把一只手紧紧地按在桌子上，好像在比较着这手指的长短。两个看守坐在一个用绣花布罩着的箱子上，在膝盖上摩来摩去。三个年轻人手插在腰间，漫不经心地四下张望。屋子里静悄悄的，好像在一间空无一人的办公室里。“好吧，我的先生们，”K 大声说，一瞬间，他觉得好像是在座的沉重地压在他肩上似的，“看你们的神色，我这案子或许该结束了。依我看，最好别再追究你们的行为合法不合法，这事握手言和就算了结了。如果诸位也是这么想的话，那么就请便了——”他说着就走到监督官的桌前，伸出手去。监督官抬起头来，咬了咬嘴唇，望着 K 伸过来的手。K 始终以为他会握住这只言和的手的。然而，那家伙站起身来，拿起放在毕尔斯泰纳小姐床上的硬圆帽，双手把它小心翼翼地戴在头上，好像是在试戴新帽似的。“你把一切想得是多么简单！”他对着 K 说，“你以为这样我们就可以把你的案子结了吗？不，你想错了，这确实办不到。另一方面，我说这些话也绝对没有要你不抱希望的意思。不能放弃，为什么要放弃希望呢？你只不过是被捕了，别的什么都没有。我奉命来通知你被捕了，我这样做了，也看到了你的反应。今天就到此为止吧，我们现在可以告别了，当然这只是暂时的告别。我想你可能要到银行去吧？”“去银行？”K 问道，“我想我不是被捕了吗？”K 的发问带有几分挑衅，因为他并不在乎他提出握手言和不被理睬，只觉得越来越跟这帮家伙没有什么好说的，尤其从监督官起身要走以后更是如此。他在耍弄他们。他盘算着，如果他们要走的话，他就一直追到大门口，让他们干脆逮他走就是了。因此，他便重复道:“我不是被捕了吗，又怎么能够去银行呢？”“啊呵，原来如此，”已经走到门口的监督官说，“你误解了我的意思。你被捕了，确实如此，但是，这并不妨碍你的工作，也不会妨碍你的日常生活。”“这么说来，被捕并不是很坏的事。”K说道，并且走近监督官。“我从来都不认为这是坏事。”这家伙说。“但是，照你这么说，似乎我被捕一事，根本就没有什么通知的必要了。”K说着更加靠近了监督官，其他人也靠上前来。现在，大家都挤在门旁那一小块地方上。“这是我的义务。”监督官说。“一个愚蠢的义务。”K毫不让步地说。“也许吧，”监督官回答道，“不过，我们别这么争来争去浪费时间。刚才我以为你要去银行。既然你老是咬文嚼字吹毛求疵，我就再补充一句：我并不强迫你去银行；我只是猜想你要去。为了你方便起见，为了让你尽量不惹人注意地回到银行去，我留着三位先生在这里，他们都是你的同事，随时听候你的吩咐。”“什么？”K喊了起来，十分惊奇地注视着这三个人。在他的印象里，这三个如此不起眼的、面色苍白的年轻人始终不过是那几个观看照片的人。现在他才发现，他们确实是银行里的职员，说是同事，则言过其实，这也露出了监督官无所不晓的破绽。但是，无论怎么说，他们确实是银行里的低级职员。K怎么会视而不见呢？他一个劲儿地只顾跟监督官和看守周旋，竟没有认出这三个人来：一个是呆板的拉本斯泰纳，他习惯于挥动双手，一个是眼眶深陷、满头金发的库里希，另外一个叫卡米纳，他脸上患有慢性肌肉劳损病，总是挂着令人难堪的笑容。“早晨好！”K停了一会儿说，并且向这三个彬彬有礼、躬身致意的年轻人伸过手去，“我一点儿也没有认出你们来。不说啦，我们现在上班去，好吗？”三个年轻人听了满面笑容，频频点头，仿佛他们就是为了得到这个机会才等这么久。当K要回房间去取他的帽子时，他们争先恐后地跑去拿，这样免不了有几分尴尬。K站在那里一动不动，看着他们穿过两道大开的门跑进去，落在最后的当然是不开窍的拉本斯泰纳，他只不过是迈着轻快的小步子跑了进去。卡米纳把帽子递了过来，K

像在银行里一样，不得不一再自言自语地提醒自己，卡米纳的笑脸不是故意做出的，就是他真的想笑，也无法笑得出来。前厅里，格鲁巴赫太太给这几个人打开了大门，看来她并不很感到愧疚。像往常一样,K 低头看着她的围裙带，它深深地勒进她那肥胖的腰间，深得让人莫名其妙。到了楼下，K 看了看表，决定叫一辆出租车，以免再耽误时间，因为他已经迟了半个钟头。卡米纳跑到巷口去叫车，另外两个显然竭力想分散 K 的注意力。就在这时，库里希突然指向对面的大门：只见那个蓄着发红的山羊胡子的高个子男人出现在大门口。一瞬间，他露出了整个身子，显得有几分窘迫的样子。他又缩了回去，倚靠到墙边。那两个老人可能正在下楼。库里希让他去注意那男人，K 感到很恼火，其实他自己早就看见了，而且也料到了他会出现。“别看那边了！”K 按捺不住地喊了出来，也顾不上去考虑面对独立自主的男人这样讲话是多么的出乎寻常。不过，也不必去解释了，因为就在这时，出租车叫来了，他们便坐上车走了。这时，K 想起了他没有注意到监督官和看守们是怎样离开的。刚才他只注意了监督官，竟没有认出这三个职员来；现在他又只注意了这三个职员而忘记了监督官。这说明他不够沉着镇定，K 决心在这方面要多加小心。想着想着，他便不由自主地转过身，从车子的后篷望过去，兴许还能看到监督官和看守。但是，他马上又转回身来，舒舒服服地靠在车座一侧，丝毫不想再去寻找任何人。虽说没有任何迹象表明，可是，或许他现在正是需要听几句安慰话的时候，然而这三个年轻人好像都懒得开口；拉本斯泰纳向右望出车外，库里希向左看出去，惟有卡米纳挂着他那难堪的笑脸听候他的吩咐。可惜的是，出于人道的考虑，这张笑脸不能作为谈笑的话题。

Franz Kafka
Das erzählerische Werk

Der Prozess

格鲁巴赫太太——毕尔斯泰纳小姐

这年春天，K 总是这样打发着他的晚上：下班以后，只要还有时间 —— 他大多在办公室里呆到九点钟 ——，他要么独自，要么和同事一块去散散步，然后去一家啤酒馆里，跟那些大都比他年长的人围坐在一张固定的餐桌前，通常一直要到十一点。当然，这样的日程安排也有例外的时候，比如，有时银行经理邀他乘车去兜风；有时请他去别墅吃饭。经理很看重 K 的工作能力，并且十分信任他。除此以外，K 每周要去看一次一个名叫爱尔萨的姑娘；她在一家夜酒吧里当跑堂，工作通宵达旦，只有白天在床上接待来客。

但是，这天晚上 —— 白天工作紧紧张张，而且还要应酬许多热情前来祝贺生日的人，一天很快就这样过去了 ——，K 打算直接回家去。白天上班间歇期间，他总是想着回家的事，他也不大清楚为什么要这样，他觉得今天早上发生的事把格鲁巴赫太太的整个屋子弄得一塌糊涂，觉得有责任使之恢复正常秩序。一旦秩序恢复了，今天那事也就随之过去，一切便又恢复正常。特别是那三个职员就没有什么好怕的，他们又消失在银行那庞大的职员行列里，在他们身上看不到任何变化。K 好多次把他们单个或一起召到他的办公室里来，没有别的目的，只是为了观察他们。他每次都会很满意地打发他们离去。

当他九点半回到他住的楼前时，他发现一个小伙子站在大门口，叉开双腿，嘴上叼着烟斗。“你是谁？”K 立刻问道，并且把自己的脸贴近小伙子的脸。过道里黑乎乎的，他看不太清。“先生，我是看门人的儿子。”小伙子回答道，从嘴上拿下烟斗闪到一旁。“是看门人的儿子吗？”K 一边问，一边不耐烦地拿手杖在地下敲着。“先生，你有什么吩咐吗？要不要我去叫父亲来？”“不，不用叫了。”K说；听他的话音，倒有点原谅的味道，仿佛这小伙子做了什么错事而被原谅了似的。“好啦。”他接着说，说完就走了进去，但是在他踏上楼梯前，又一次转过身来。

他本来想直接回到自己的房间里，却又想跟格鲁巴赫太太谈一谈。于是，他不假思索地敲了敲她的门。她坐在桌旁，正在编织一只袜子，桌子上还放着一堆旧袜子。K心不在焉地表示歉意，这么晚了还来打扰。然而，格鲁巴赫太太却很热情，要K不必客气，她什么时候都乐意跟他谈天，并说K心里很清楚，他是她最好的、最受欢迎的房客。K朝屋里四下看了看，里面的一切又都恢复到原来的样子，清晨放在窗前小桌上用早点的盘子也都清理走了。“女人的手真能干，这么多的事不声不响地干完了。”他心想。要是他的话，或许当场会非把这些盘子给砸碎不可，当然肯定不会给拿出去。他怀着几分感激之情注视着格鲁巴赫太太。“你为什么这么晚了还忙个不停？”他问道。现在他们俩都坐在桌旁，K不时地把手塞进袜子里。“要干的活儿太多，”她回答道，“白天的时间都用在房客身上，要想料理自己的事，就只能放在晚上了。”“那我今天一定给你添了更大的麻烦吧？”“怎么会这么说呢？”她问道，神色变得有些不安，手里的活儿停在怀里。“我说的是今天一早来过的那些人。”“啊呵，原来是这样，”她说，并且又恢复了镇静，“这给我并没有添什么麻烦。”K看着她又拿起那只正编织的袜子织起来，默默不语。“当我提起早上发生的事时，她显得很惊讶，”他心想，“她好像觉得我就不该提这事。越是这样，我就越觉得有必要提。我也只有跟一个老太太才能说一说这事。”“当然，这事肯定给你添了麻烦，”他接着说，“不过，这样的事将来不会再发生了。”“对，这事不会再发生了。”她肯定地说，并且含笑注视着K，几乎有些忧郁的样子。“你这话当真？”K问道。“是的，”她轻声说，“不过，你可先别把事情看得太严重。在这个世界上，没有不会发生的事！K先生，你能这样来推心置腹地跟我谈，我可以坦诚地向你说，我在门后听到了一些，那两个看守也给我讲了一些。这真是关系到你的命运，确实让我牵肠挂肚。也许我的操心是多余的，我不过是个房东而已。是的，我是听到了一些，但是，我不能说那是什么严重的事。不。你虽说被捕了，但你和被抓起来的小偷不一样。如果有人当小偷被抓起来了，那才严重哩。可你这样被捕，我觉得这其中好像有什么奥秘似的，如果我说了傻话，请你别见笑，我觉得这其中好像有什么奥秘，这我弄不懂，不过也没有必要弄懂它。”

“格鲁巴赫太太，你说的根本不是什么傻话，至少我也同意你的一部分看法。我只不过是把整个事情看得更加尖锐罢了；我根本不认为这其中有什么奥秘可言，而是地地道道的无中生有。我遭到了突然袭击，仅此而已。要是我一醒来就立即起床，不为安娜为什么没有来而费那份心，也不管有没有人阻拦我，直接到你这儿来的话，我就会破例在厨房里用早点，让你从我的房间里给我取来衣服。一句话，我就会理智行事，那后来的事就不可能再发生了，一切要发生的事全都会被消灭在萌芽状态中。但是，我毫无准备，措手不及。要是放在银行里，我则有备无患，像这样的事哪会发生在我的身上！在那里，我有自己的办事员，直线电话和内部电话就放在我面前的办公桌上，办公室里顾客和职员穿梭不断，尤其是我一心系在工作上，保持着沉着和冷静。如果我在银行里面对这样的情况，那倒会恰恰给我带来一种愉快的感觉。哎，事情已经过去了，我本来根本就不想重提了，只想听听你的看法，听听一个很有头脑的老太太的看法。我很高兴，我们对此事的看法不谋而合，但是，现在你要伸过手来，我们一定要握握手来确认这样一个不谋而合的看法。”

“她会不会同我握手呢？那监督官就没有向我伸过手来。”他心想，并且一反常态，用审视的目光看着这妇人。她站了起来，因为K已经站起来了。她没有完全听明白K说话的意思，显得有些羞怯。然而，由于羞怯，她说了些自己根本不想说的话，而且说得一点也不是时候：“K先生，你可别把事情看得那么严重。”她拖着哭腔说，自然也忘了去跟他握手。“我并没有把它放在心上。”K说，他突然疲倦了，而且意识到她赞同与否都无足轻重。

K走到门口时又问道：“毕尔斯泰纳小姐在家吗？”“不在，”格鲁巴赫太太干巴巴地回答道，然后又露出微笑，表现出一种迟到而明智的关切，“她去看戏了。你问她有什么事吗？要不要我给你带个口信呢？”“噢，不用了，我只想跟她说一两句话。”“可惜我不知道她什么时候回来。”“没关系，”K说，他耷拉着脑袋转身要离去，“我只是向她表示歉意，今天占用了她的房间。”“K先生，这没有必要，你太当回事了，小姐什么也不知道，她一清早就走了，到现在还不着家，况且房间里的一切都已经收拾得整整齐齐的，你自己看看吧。”她随之打开毕尔斯泰纳小姐的房门。“谢谢，我相信你。”K说，但是，他还是走到打开的门前。月光悄悄地照进这黑洞洞的房间里。就眼睛能看到的一切，确实都井然有序地摆到了原来的地方，挂在窗把手上的那件女上衣也收拾起来了。床上半在月光下的枕头好像高得出奇。“小姐时常很晚才回家。”K说，他看着格鲁巴赫太太，仿佛她为此负有责任似的。“年轻人都是这个样子！”格鲁巴赫太太带着歉疚的口气说。“当然，当然，”K说，“不过，这会闹出事的。”“是这么回事，”格鲁巴赫太太说，“K先生，你说得多么对呀。甚至这小姐也保不准闹出什么事来。我当然不想说毕尔斯泰纳小姐的坏话，她是一个心地善良讨人喜爱的姑娘，热情、正派、精明、能干，我就喜欢这种品质。但是，有一点不可否认：她应该更加自爱一些，别太招风。这一个月里，我已经在偏僻的街道里碰到过她两次，每次都和另外的男人在一起。这叫我好作难呀！K 先生，上帝作证，除了你之外，我没有对第二个人讲过。但是，依我看，我也免不了要跟小姐本人谈一谈。再说，她招人怀疑的不单单是这一桩事。”“你说到哪儿去啦，”K 气冲冲地说，简直按捺不住，“你分明误解了我对小姐的看法，我说的就不是那个意思。我倒要坦诚地提醒你，不要跟小姐提任何事情。你完全弄错了，我很了解小姐，你所说的，都是些捕风捉影的事。不用多说了，也许我管得太多了，我不想干涉你，你想对她说什么随你便。晚安。”“K 先生，”格鲁巴赫太太恳求着说，并且追着 K 到他门口，K 已经打开了房门，“我真的还没有打算跟毕尔斯泰纳小姐谈，当然，即使要跟她谈，我还得再等等看她怎么样。我所知道的，惟独吐露给了你。说到底，我竭力维持这栋公寓的纯洁，无疑是为了每位房客好，别无他求。”“纯洁？”K透过门缝大声喊道，“如果你要维持这栋公寓的纯洁，你就得先把我赶出去。”说完，他砰地关上门，不再理睬那轻轻的敲门声。

但是，他丝毫没有睡意，因此决定不去睡觉，趁此机会也好弄清楚毕尔斯泰纳小姐什么时候回来。不管她多么晚回来，还可以跟她聊几句。K倚在窗前，闭上疲惫不堪的眼睛。一瞬间，他甚至想劝毕尔斯泰纳小姐跟他一起搬出去，惩罚一下格鲁巴赫太太。可他马上又觉得这么做实在太过分了，而且怀疑起自己，无非是因为早上发生的事想换个地方罢了。简直是愚不可及，更是无聊透顶，卑鄙至极呀！

当他透过窗户，望着空荡荡的街道感到厌倦时，便把通往前厅的门打开了一道缝，然后躺在长沙发上。只要有人进屋来，他从沙发上就看得见。他平静地躺在沙发上，嘴上叼着一支雪茄，直等到约莫十一点钟，还不见动静。他再也躺不住了，起来朝前厅挪了几步，仿佛他这样就会使毕尔斯泰纳快点回来似的。他并非特别渴望见到她，甚至连小姐长什么模样都记不清了。可是，他现在想跟她谈谈，而且他觉得小姐迟迟不归，使他在这一天快结束时再次陷入烦乱不安中，不禁气上心头。也是因为她，害得他既没有吃晚饭，又放弃了今天约好去看爱尔萨。当然，这两件事他还来得及弥补，只消现在到爱尔萨打工的酒吧去便可一举两得。他打算等到跟毕尔斯泰纳小姐谈过话后晚些时候再去。

K呆在前厅里，就好像在自己的屋子里似的。他沉浸在苦苦思索中，来回踱着沉重的步子。刚过十一点半，他听到有人上楼梯，便连忙躲回自己的门背后。进来的正是毕尔斯泰纳小姐。她一边锁门，一边哆哆嗦嗦地收起披在那狭窄的肩膀上的丝巾。片刻间，她就要走进自己的房间里。夜半三更的,K 当然不能闯进去，就得现在跟她搭上话，但糟糕的是，他竟忘了把自己房间的灯打开。倘若他从黑洞洞的房间里一下子冲出去，她准会以为是突然袭击，至少也要吓一大跳。时间不能等人，他万般无奈地透过门缝低声叫道:“毕尔斯泰纳小姐。”他的声音听起来与其说是叫人,倒不如说是恳求。“这儿有人吗？”毕尔斯泰纳小姐问道，并且瞪大眼睛看了看四周。“是我。”K 走上前来说。“噢，原来是K先生！”毕尔斯泰纳小姐微笑着说。“你好。”她向 K 伸出手去。“我想跟你说几句话，你看现在行吗？”“现在？”毕尔斯泰纳小姐问道，“非得现在谈不可吗？真有点离奇，难道说不是吗？”“我从九点开始就等着你了。”“噢，我看戏去了，哪里会知道你在等着我呢？”“我想给你说说今天才发生的事。”“是这么回事，那我就不会有什么好反对的了，除非我累得支持不住了。好吧，你进我屋里来坐几分钟。我们千万不能在这儿谈话，会把大家吵醒的。这样会让人觉得尴尬，不单是吵了别人，更是要为我们自己着想。你在这儿等一等，我进屋里打开灯，然后你把这里的灯关掉。”K 关好灯后等在那里，毕尔斯泰纳小姐从屋里出来又低声请他进去。“请坐，”她指着沙发说，自己却不顾她说过的劳累，直挺挺地站在床脚旁；她甚至连头上那顶花花绿绿的小帽也没有摘下来，“究竟是什么事？ 我真觉得很新奇。”她稍稍交起两腿。“你也许会说，”K 开口说，“事情并不是那么紧迫，用不着现在来谈，可是——”“我向来不听开场白。”小姐说。“你这么一说倒使我好开口了，”K 说，“今天一早，你的房间给弄得有点乱糟糟的，从某种意义上说，是我的过错。这是几个陌生人干的，我真拿他们没办法。可是正像刚才说的，责任在我身上。因此，我想请你原谅。”“我的房间？”小姐问道，她没有去看自己的房间，而是以审视的目光看着 K。“是这么回事，”K 说，此刻，他俩的目光才第一次相遇了，“事情是怎样发生的，也没有提的必要。”“可是真正让人感兴趣的东西倒有必要说说了。”小姐说。“没有那个必要。”K 说。“好吧，”小姐说，“我不想打听你的秘密。如果你坚持认为没有什么好说的话，我也不想跟你去争什么。你请我原谅，我就痛痛快快地原谅你，尤其是我现在还看不出有弄乱的痕迹。”她双手深深地插在腰间，在房间里走了一圈，停在别满相片的挂布前。“你瞧瞧！”她叫了起来，“我的相片被弄得乱七八糟。这简直太不像话了。有人来过我的房间，岂有此理。”K 点点头，暗暗诅咒着那个叫卡米纳的职员，那家伙不守规矩，总是不甘寂寞，傻里巴唧地动这动那。“真奇怪，”小姐说，“我现在不得不禁止你再做你不应该做的事情，也就是说，如果我不在的时候，不许你进我的房间。”“小姐，我不是给你解释过了吗，”K说着也走到那相片跟前，“乱动你相片的不是我。不过，既然你不相信我，那我就只好告诉你：审查委员会带来了银行的三个职员，其中的一个动了你的相片。我本来就考虑一有机会，要把他从银行里弄出去。是的，有一个审查委员会来过这儿。”K看到小姐疑惑不解地注视着他，便补充了这么一句。“是因为你吗？”小姐问道。“是的。”K回答道。“不可能！”小姐笑着喊道。“的确是因为我来的，”K说，“难道你以为我不会犯罪吗？”“怎么，不会犯罪……”小姐说，“我不愿意随便谈出一个或许后果严重的看法来，况且说实在的，我也不了解你。不管怎么说，如果谁让上面派来的审查委员会盯上了，那他肯定是个重犯无疑。而你呢，这么自由自在——看你镇定自若的样子，至少不是从监狱里逃跑出来的——我看你倒不会犯那样的罪。”“你说得对，”K说，“不过审查委员会会搞得清楚，我是无罪的，或者我犯的罪并不像他们想象的那么严重。”“当然，这是可能的。”小姐十分留心地说。“瞧，”K说，“你对法院的事经验不多。”“是的，我根本说不上经验，”小姐说，“而且也常常因此感到遗憾，因为我对什么事都感兴趣，恰恰对法院的事兴趣更大。法院具有一种神奇的吸引力，难道不是吗？不过，我将来一定会充实我对这方面的知识，下个月我将到一家律师事务所去当职员。”“这太好啦，”K说，“这么说来，你到时在我的案子中可以助我一臂之力了。”“那当然啰，”小姐说，“为什么不呢？我倒很愿意运用我的知识。”“我是很郑重的，”K说，“或者说至少是半认真的，就像你一样。我这鸡毛蒜皮的小事，根本用不着去请律师！不过，如果我能有个出谋划策的，那是盼之不得呀。”“是的。但是，如果我要当你的顾问的话，就得先知道是怎么回事。”小姐说。“正好难就难在这儿，”K说，“连我自己也不明白是怎么回事。”“这么说，你是在拿我开玩笑了，”小姐十分失望地说，“大可不必选择夜半三更时分来开这种玩笑。”说完她从他们俩在跟前默契地站了良久的相片前走开。“可是，你弄错了，小姐，”K说，“我可不是在拿你开玩笑。你为什么不相信我呢？我已经把我知道的都告诉你了。事实上，我说的比我知道的还要多，因为那并不是什么审查委员会，只是我这样称它而已，我也不知道怎么称它才好。他们不问青红皂白。我只是被捕了，可是，是一个委员会干的。”毕尔斯泰纳小姐坐在沙发上又笑了起来。“到底是怎么回事呢？”她问道。“很可怕。”K回答道，但是他现在完全不考虑这事了，小姐的神宇摄取了他的心：她一只手托着脸，胳膊支在沙发垫上，另一只手悠然地抚摩着自己的腰间。“这太笼统了。”小姐说道。“什么太笼统了？”K问道。然后，他定过神来又问道："我把事情的经过表演给你看看，好吗？”他想比划一下，却不想离开。“我已经累了。”小姐说。“你回来得太晚了。”K说。“不用说啦，结果倒是我受到了指责，这也是自找的，我就不该让你进来。而且事情明摆着，确实也没有这个必要。”“有必要，我现在就表演给你看看。”K说，“我可以把你这个床头柜挪过来吗？”“你要搞什么名堂？”小姐说，“当然不允许！”“那么我就没有可能表演给你看了。”K激动地说，仿佛小姐的话使他蒙受了莫大的委屈似的。“好吧，如果你表演需要这小桌子的话，那你就轻轻地把它挪过去吧，”小姐说，并且过了一会儿又放低声音补充道，“我很累了，你爱怎么就怎么吧。”K把小桌子挪到房子中央，自己坐到小桌后面。“你得确切地想象一下那些人各个所处的位置，很有意思。我是监督官，那边箱子上坐着两个看守，三个年轻人就站在相片前。在窗子把手上，我只是附带提一句，挂着一件女衬衣。现在我们就可以开始了。噢，我把自己忘了，我是最重要的角色，就站在小桌子前面这块地方。那监督官跷起两腿，这只胳膊搭在椅背上，坐得好舒服自在，活像一个无赖。现在我们真的可以开始了。监督官喊叫着，好像他要从梦里唤醒我似的，他简直是在嚎叫。对不起，为了让你听个明白，我怕也得学着叫才是。再说呢，他只是这样吼叫着我的名字。”正听得开心的毕尔斯泰纳小姐，忙把手指放在嘴唇上，叫K别大声喊出来。可是已经来不及了，他完全沉浸在他的角色里，拉长嗓门喊道：“约瑟夫·K！”实际上，这喊声并不像他拉开架式要吼的那么响亮，但是，这一声突然爆发出来后，才好像慢慢地在屋子里播散开来。

这时，有人几次敲响了隔壁房间的门，敲得又响又急，而且有节奏。毕尔斯泰纳小姐顿时脸色煞白，用手捂住胸口。K更是惊恐万状，刹那间还无法考虑到另外的情况，一味沉浸在他正在给小姐演示着今天早上所发生的事情里。

他冲到毕尔斯泰纳小姐跟前，抓住她的手。“别怕，”他低声说，“我会来应付一切的。会是谁呢？隔壁只是客厅，没有住人。”“不，”小姐凑到K的耳旁低声说，“从昨天起，格鲁巴赫太太那个当上尉的侄子睡在里面，他找不到别的房间。我竟把这忘得一干二净了。你真不该那么大声吼叫！弄得我左右为难呀。”“没有什么好为难的。”K说。当小姐向后靠到沙发垫上时，K吻了吻她的头。“走开，快走开，”她说着又急忙直起身来，“你走吧，你快走吧。你想干什么？他在门旁听着呢，他什么都听得到。你干吗这么折磨我！”“我现在不会走的，”K说，“等你稍稍镇静下来我才走。咱们到房间那角去，他就听不到我们的动静了。”她听凭他拉着走到那边。“你不想一想，”他说，“这事虽说闹得你不愉快，但是绝对不会有什么危险呀。你知道，格鲁巴赫太太对我崇拜得五体投地，她绝对相信我说的每一句话。在这事上，她可是举足轻重，更何况这上尉是她的侄子。再说，她也依赖于我，她从我这里借去了相当一大笔钱。至于怎样解释我们俩在一块的事，我接受你可以想到的任何理由，哪怕是很难站得住脚的理由，我保证会使格鲁巴赫太太不但要叫大家相信你的解释，而且要她心服口服。在这一点上，你不必对我有任何担心。如果你要散布我突然冒犯了你的话，那么格鲁巴赫太太知道后会相信的，但她不会失去对我的信任，她是那样的痴迷于我。”毕尔斯泰纳小姐一声不吭地看着眼前的地板，显得有点垂头丧气的样儿。“格鲁巴赫太太怎么会相信我会突然冒犯了你呢？”K补充说道。他直瞪瞪地望着她的头发：那微微发红的头发整整齐齐地分向两边，稍稍蓬在上面，束得紧紧的。K以为小姐会抬起头来看他，但是，她却一动不动地说：“请原谅，我被突如其来的敲门声弄得如此惊恐不安，其实并不那么在意那上尉在这儿会带来什么后果。你的喊声过后，屋里变得是那么的寂静，就在这时，突然传来了一阵敲门声，所以才把我吓成这般样子。而且我紧靠着门，好像那敲门声就在身旁一样。谢谢你的建议，但是，我不会采纳的。我可以为在我的房间里所发生的一切负责，也就是说，无论面对什么人。我感到惊奇的是，你竟然没有觉察到，在你的建议里包含着对我什么样的侮辱。你现在走吧，让我一个人静静地呆着，我现在比什么时候都更需要安静。你求我只呆几分钟，一呆就是半个多钟头。”K 抓住她的手，然后抓到她的手腕上说：“可是，你不生我的气吧？”她甩开他的手回答道：“不，绝对不，我向来不生任何人的气。”他又去抓住了她的手腕，而她这回听任了，并且这样把他送到门口。他下定决心离开。但是到了门前，他停了下来，仿佛他并没有料到这儿会有门。毕尔斯泰纳小姐趁机脱开了身，打开门溜进前厅里，从那儿轻声对 K 说：“好吧，你出来看一看，”——她指着上尉的房门，门下透出一道光亮——“他开着灯，正在拿我们开心。”“我就来。”K说着冲上前去，搂住她，吻了吻她的嘴，又满脸吻来吻去，活像一头口干舌燥的野兽，终于找到了一汪渴望已久的清泉，贪婪地喝了起来。最后，他吻着她的脖子，嘴唇久久地吮吸在咽喉上。从上尉房间里传来一声响动，才使他抬起头来望了望。“我现在要走啦。”他说，他本想呼毕尔斯泰纳小姐的教名，可又不知道她的教名叫什么。她疲倦地点点头，半侧过身子，听凭他去吻她的手，仿佛对此毫无感知似的，然后耷拉着脑袋走进她的房间里。不久，K躺在了床上。他很快就进入了梦乡；他入睡之前，还稍稍回味了他的行为，他很满意，但是，他感到惊奇的是没有能再满意些；因为那个上尉，他真替毕尔斯泰纳小姐担心。

Franz Kafka

Das erzählerische Werk

Der Prozess

初审

K 接到电话通知，下星期天要对他的案子进行一次简短的审理。有人提醒他，这种审理将会一个接一个地定期进行，也许不是每周一次，但是，准会越来越频繁。一方面，早日了结这个案子，是大家共同的需要；可是另一方面，审理应该全面彻底，这样毕竟十分艰辛，所以每次绝对不能拖得太久。因此，才采取了这种频繁而简短的审理办法。审理的日子选在星期天，是为了不妨碍 K 的正常工作，他们估计 K 会同意这种安排。如果 K 希望放在别的日子，他们也会尽量满足他的愿望。比如说，审理也可以安排在晚上进行，但是又考虑到 K 的精力可能不够充沛。总之，如果 K 没有异议的话，就选定在星期天。不言而喻，他到时必须出席，用不着再去提醒。他们告诉了他应该去的那栋楼的门牌号。这栋楼位于郊区一条偏僻的街道上，

K从来没有到过那里。

K听完这个通知后，一声不吭地挂上了听筒。他立即决定星期天去，这当然是十分必要的。案子已经开始进入审理，那他就得出面与之对质，这第一次审理也应该成为最后一次。他依然出神地站在电话机旁，这时，他突然听见背后传来副经理的声音，他要打电话，看到K愣在那里挡着道。“有什么不愉快的消息吗？”副经理漫不经心地问道；他并不想知道是什么事，只是急着让K离开电话机。“没有，没有。”K说着闪到一旁，但没有走开。副经理拿起听筒，趁着让转接电话的时候，越过听筒说：“K先生，我想问你一下：星期天一早愿不愿意赏个光，一起乘我的帆船去郊游？要去的人不少，其中准有你的相识，比如说哈斯特尔律师。一起去好吗？来吧！”K竭力留心听副经理说的话。这对他来说并非无关紧要，因为他向来跟副经理不大合得来，眼下这邀请意味着副经理试图要和解，也表明K在银行里的地位变得多么重要，银行的二把手是多么重视他的友谊，或者至少是多么赏识他的中立态度。虽说这邀请是副经理在等电话时越过听筒随便说出来的，可毕竟是屈高就下，降尊临卑了。然而，K不得不使副经理再次纡尊降贵。K说:“多谢了！ 可惜我星期天没有空，我已经有约会了。”“太遗憾了。”副经理说着便去对着刚好接通的电话讲起话来。他打了好长时间，可是K始终神思恍惚地站在电话机旁。当副经理挂上电话时，他猛地吓了一跳，如梦初醒，为自己毫无目的地呆站在旁边解释说:“刚才有人打来电话，约我去一个地方，可是忘了告诉我几点钟去。”“你再打个电话去问问吧。”副经理说。“其实也没有什么重要的事。”K硬着头皮说，刚才已经露出破绽的借口现在越发不能自圆其说。副经理要离去时，还谈了些别的事情；K勉强敷衍着应答，可是他心里真正想的是，最好星期天上午九点就去那儿，法院平常总是在这个时间开始办公。

星期天，天气阴沉沉的。K感到疲惫不堪，因为头天晚上他在餐馆里参加了朋友的聚会直到深夜时分，他差点儿睡过了头。他来不及考虑和整理一周来所想好的种种计划，急急忙忙地穿上衣服，也顾不上吃早点就直奔郊区那个要去的地方。说来真奇怪，虽然他没有时间去四下张望，却看见了那三个参与他的案子的职员：拉本斯泰纳、库里希和卡米纳。前两个乘坐着有轨电车，从他面前驶过；卡米纳坐在一家咖啡馆的平台上，当K经过的时候，看见他把身子好奇地俯在栏杆上。这三人也许都望着他的背影，奇怪他们的上司为什么要奔走呢；一种莫名的执拗劲使他偏偏不去乘车。在他这个案子里，他厌恶任何帮助，哪怕是任何微不足道的外来帮助，他也不愿意去求助于任何人，因此也不愿意让任何人知道一点一滴的情况。但是，他最后丝毫也不愿意安分守己地准时到达，免得在审查委员会面前降低自己的身份。然而，他现在却奔跑着，心里只有一个念头，尽可能赶在九点钟到达，虽然他压根儿就没有约定确切的时间。

他心想，那栋楼从老远就可以辨认出来，不是可以看到某种连他自己也想象不清的标志，就是门前热闹非凡。但是，到了尤利乌斯大街街头，K 停了片刻，发现街两旁的房子几乎一模一样，都是灰暗的高楼，里面住着穷人。据说那栋楼就坐落在这条街上。星期天一早，大部分窗口都有人，穿着衬衫的男人倚靠在窗前，或者抽着烟，或者小心而温存地扶着小孩在窗台上逗乐。另外一些窗口挂满了被褥，上面不时地露出乱蓬蓬的女人脑袋来。人们隔着街互相叫嚷着；一声喊叫正好在 K 的头顶引起了一阵哄笑。在这长长的街道两旁，均匀地分布着一个个的小铺子，里面摆放着各种各样的食品。这些铺子位于街面以下，门口有几级台阶。女人们从那里走出走进，或者站在门外的台阶上聊天。一个卖水果的小贩推着水果车一路朝着楼上的窗口叫卖，像K一样毫不留神，险些儿把K撞倒。就在这时，一架在富人区淘汰了的旧留声机十分刺耳地叫了起来。

K顺着大街一直走下去，看他那慢悠悠的样子，仿佛他有的是时间，又好像那预审法官已经在哪个窗口前看见了他的到来似的。九点刚过。那栋楼位于大街深处，大得几乎让人感到异常，特别是那大门又高又宽。这大门显然是供货车进出用的，因为大院的四周是各式各样的仓库，现在都上着锁，门上挂着公司的牌子，有几家跟银行有业务来往，K挺熟悉。他一反常态，在院子的大门口站了一会儿，仔细地琢磨起这院子的全部外表来。一个光着脚板的男人坐在他近旁的一个木箱上看报纸。两个男孩在一辆小推车上玩跷跷板。一个弱不禁风的小姑娘穿着宽大的睡衣站在抽水泵前，水哗哗地流进她的桶里。这时，她朝K望过来。院里的一角，两扇窗子间系着一条绳子，上面已经挂起了洗好的衣服。一个男人站在下面，大声地指点了几句。

K转身对着楼梯走去，打算上审讯室去。然而，他又停住了脚步。除了这道楼梯外，他发现院子里还有三个不同的楼梯口，此外，好像院子的尽头还有一条小过道通向第二个院子。他不禁气上心头，他们居然没有确切地告诉他审讯室在哪儿。他们对他如此的疏忽和冷漠，简直太叫他莫名其妙。他决意要把这一切干干脆脆地摆到他们面前。最后，他依然顺着这道楼梯走上去，思想转到了那个叫威勒姆看守说过的一句话上：罪过对法院存在着一股吸引力。这么说来，审讯室就位于K偶然选取的这道楼梯旁。

他上楼时，打扰了一群正在楼梯上玩耍的孩子；他们顽皮地瞪着K打中间穿过去。“如果我下次再来的话，”他自言自语地说，“一定要带上糖果来哄哄他们，要不就带根手杖来教训教训他们。”就要上到二楼时，他不得不停了一会儿，等着一粒弹子球从面前滚过去。这时，两个长着成年无赖一样痞子面孔的小男孩揪住他的裤子。他如果要狠劲地把他们甩开，势必会使他们尝到厉害，他怕他们叫喊起来。

到了二楼，他才真正寻找起来。他不好张口去打听审讯委员会在哪儿，便编造出一个叫做兰茨木匠的来——他之所以突然想到这个名字，是因为格鲁巴赫太太那个当上尉的侄子就叫兰茨——，并且打算挨门挨户去打听有没有一个叫兰茨的木匠住在那里，以便乘此机会朝屋里探一探。其实，他哪里用得着这样去做呢？差不多所有的门都敞开着，孩子们不住地跑出跑进。屋子多半都不大，仅有一扇窗户，做饭也挤在里面。有些妇人一手抱着孩子，一手在锅灶上忙着。身上好像只裹着围裙的半大姑娘跑前跑后，忙得不亦乐乎。家家屋里的床上都还躺着人，有病的，有酣睡的，也有和衣养神的。每走到关着门的住家前，K便敲敲门，打听有没有一个叫兰茨的木匠住在那里。出来开门的大多是妇人，听了他的询问后，便转身回去问屋里的人，他们都一个个随之从床上欠起身。“有位先生问，这儿有没有一个叫兰茨的木匠？”“一个叫兰茨的木匠？”屋里从床上欠起身的人问道。“是的。”K回答道，尽管他一看就明知道审查委员会不在那里，再去询问是多此一举。许多人都以为K确确实实想找到木匠兰茨，苦苦思索良久，想出哪儿有木匠，只是名字不叫兰茨；或者说出名字来，却与兰茨相差甚远；或者又去向邻居打听；或者陪着K去相隔好远的另一家去找，因为他们觉得也许有这样一个人租住在那家屋里，或者那家有人比他们知道得更清楚。最后，K几乎用不着自己再去询问。他就这样一层一层地被领着向楼上打听去。

他为自己这个当初觉得那么切实可行的想法感到懊恼。到了六楼前，他决定不再去找了，告别了一个要领他继续往楼上找的热心的青年工人，便转身向楼下走去。可是，一想到他奔来奔去，白白折腾了一阵，又不禁气上心头。他掉回头上了六楼，敲开了第一家的门。他在这小房间里看到的第一样东西是一个大挂钟，时针已经指到了十点。“一个叫兰茨的木匠住这儿吗？”他问道。“请吧。”一位少妇一边说，一边用那只湿漉漉的手指向门敞开着的隔壁房间。她长着一对亮晶晶的眼睛，正俯在木盆上洗小孩衣服。

K觉得好像进入了熙熙攘攘的人堆里。一间不大的屋里挤满了各种各样的人，谁也不去留意这位新进来的人。屋里开着两扇窗户，屋顶紧下面，有一圈回廊，上面也挤得满满的，人们只能佝偻着身子站在里头，脑袋和脊背都紧挨着屋顶。K觉得里面的空气污浊不堪，便又退了出来，并且对那个可能听错了他的话的少妇说：“我是向你打听一个木匠，名叫兰茨。”“是的，”这女人说，“你进去就是了。”K本来也许就不会照她说的去做，他哪会料到这女人径直走到他跟前，抓住门把手说：“你一进去，我就要关起门了，不许再进人了。”“很明智，”K说，“可是，里面现在已经挤得太满了。”尽管这样，他还是进去了。

大厅门口有两个男人紧站在门旁谈着话，一个双手伸得好长，做出像点钱的样子，另一个神情严肃地紧盯着他。这时，有一只手从他们中间伸过来抓住K。伸来手的人是一个面色红润的小伙子。“来吧，跟我来。”他说，K听凭他带着走去。拥挤不堪的人群中间，留着一条狭小的过道，好像以此为界划开了不同的两方；果不其然，K走过几排人，左右两边看不到一张脸朝着他，两旁的人都是背着他，跟自己那一派的人又是说话，又是打手势。大多数人都身着黑色服装，披着又宽又大的传统礼袍，松松拉拉的像挂在身上一样。惟有这服装使他摸不着头脑。要不然，他准会以为这是一次地方性的政治集会。

大厅的另一头，也就是K要被带去的地方，是一个十分低矮，而且也挤满了人的讲台。上面横摆着一张桌子，在桌子的后面，几乎就在讲台的边缘上，坐着一个又胖又矮呼哧呼哧喘气的男人，他正在与一个站在他身后的人——这人交叉着两腿，胳膊肘支在椅背上——兴致勃勃地谈论着。他时而在空中挥舞着胳臂，仿佛在漫画着某个人的怪相。小伙子领着K走过去，却难以上前报告情况。他两次踮起脚尖，试图转告些什么，但是，那个高高在上的人却没有注意到他。当讲台上有一个人注意到这小伙子时，那人才朝他转过去，俯下身子倾听起小伙子的低声报告。接着，他掏出怀表来，目光很快地投向了K。“一小时零五分前你就应该到这儿。”他说道。K 正要去解释，但是来不及了。那人话音一落，大厅的右半边顿时吵吵嚷嚷响成一片。“一小时零五分前你就应该到这儿。”那人现在提高嗓门又说了一遍，并且随即朝下面看去，这吵吵嚷嚷的响声立刻又沸腾起来，因为他没有再说什么，那吵嚷声也就慢慢地消失了。这时，大厅里比 K 刚进来那会儿安静多了，只有回廊上的人还不停地发着议论。虽然上面尘烟缭绕，半明半暗，但也不难看出，他们比下面的人穿得寒酸。有的人还带来了软垫，垫在自己的脑袋与天花板之间，免得碰伤脑袋。

K 下定决心，多观察，少说话，不再打算为自己迟到去辩解，只是说道:“我是来得太迟了，可是我毕竟现在已经到了这儿。”话音一落，大厅的右半边，又响起了一阵掌声。“这帮人也真容易争取过来。”K 心想；可是，他一听到自己身后左半厅里零零星星的掌声，又不免为这部分人保持沉默而忐忑不安。他思忖着应该说些什么，才能把全厅的人一下子都争取过来，即使这个办不到，至少也得暂时把沉默的那一部分人争取过来。

“不错，”那人说，“可是我现在不再有义务来审问你。”——大厅里又响起一阵吵吵嚷嚷声，可是这一次却弄错了，那人向大家摆摆手让大家安静后，接着说下去：“不过，我今天要破例来审理你的案子，下一次可不允许你这样迟到了。你现在上前来吧！”这时有人从台上跳下来，给K让出了地方。K走上台去，被挤得紧站在那桌子旁。他身后的人挤作一团，他不得不强撑住身子，要不连预审法官的桌子，甚或连法官本人一起都会给挤到台下去。

然而，预审法官对此却毫不理睬，他泰然自若地坐在自己的椅子里，对身后那个人吩咐完几句话后，随手便抓起惟一放在桌上的一个小笔记本。那笔记本看上去像是一本学生练习册，破旧不堪，由于长久翻来翻去，已不成样子。“开始吧，”预审法官一边说，一边翻着那本子，并且以十分自信的口气转向K，“你是室内粉刷工吧？”“不对，”K说，“我是一家大银行的襄理。”这声回答引起了大厅右边一阵十分开心的大笑，连K也不由得跟着笑了起来。人们两手撑在膝盖上，浑身抖动，仰上弯下，就像突然强烈地咳嗽个不住似的，甚至回廊上也有人跟着哈哈大笑。预审法官顿时勃然大怒，他显然无力去对付大厅下面的人，便气呼呼地要把火气发泄到回廊上；他跳了起来，冲着回廊，怒目而视，那平日并不引人注目的两道眉毛在他的眼睛上方紧皱成黑乎乎的一团。

然而，大厅的左半边依然无动于衷，他们一排排地站在那里，面朝着讲台，不动声色地听着台上的谈话和大厅那一边传来的嘈杂声，他们甚至容许他们之中的某些人时而跟着那一边的人一起去闹哄。大厅左边的人虽然要比右边的少，可实际上同他们一样无足轻重。但是，他们的镇定自若好像要告诉人们别小看他们。当K开始讲话时，他深信他是按照他们的意思来讲的。

“预审法官先生，你问我是不是室内装修工，或者更确切地说，你根本就不是在提问题，而是直截了当地说给我听，这就典型地表明了施加给我的这场诉讼的全部特性。你也许会反驳说，这根本就不是什么诉讼。你说得一点儿不错，因为只有我承认它是那样一个诉讼的话，才可称作是诉讼。不过，我眼下之所以承认这是诉讼，从某种程度上说是出于怜悯。如果我要特别重视这场诉讼的话，对此也只能抱以怜悯的态度。我并不是说，这是一次无中生有的诉讼，不过我倒想把这个词送给你，让你自己斟酌吧！”

K停了下来，从台上朝大厅望下去。他说得够尖刻了，比他想要说的还要尖刻，但是他说得确实入情入理。他的这番话本来应该在这边或那边赢得掌声，可是整个大厅里鸦雀无声，人们显然在急切地等着他说下去；在这沉默中，也许酝酿着一个将使一切结束的突发举动。就在这时，大厅那头的门打开了，那个看来已经干完了活的年轻洗衣妇走了进来。尽管她异常的小心，却分散了一些人的注意力，K对此甚为恼火。惟有预审法官的神态叫K看了觉得开心，他好像让这番话一下子刺到了痛处。K的讲话使他大为震惊，在他冲着回廊上的人站起来以前，他竟然一直站在那儿侧耳静听。现在在间歇的瞬间，他才慢慢地坐了下去，好像不想让人注意到似的。也许是为了平复一下自己的神色，他又翻起了那个笔记本。

“没有什么帮得了你的忙，”K接着说，“连你这个可怜的笔记本，预审法官先生，也会证实我所说的话。”在这个异乎寻常的集会上，人们聚精会神地听着他一个人镇定自若的讲话，K

觉得心满意足，甚至勇气倍增。他不假思索地从预审法官手里夺走笔记本，用手指尖夹住中间的一页拎得高高的，仿佛他对此有所顾忌似的。那污迹斑斑、页边发黄、写得密密麻麻的页子随之垂向两旁。“这就是预审法官的案卷。”他说着让笔记本又掉落到桌上。“你就继续从从容容地在里面去翻吧，预审法官先生，对你这个账本，我一点也不在乎，虽然它对我来说是不可接近的，因为我只能用两个指头去动它，更不用说拿在手里了。”预审法官伸手抓起掉在桌上的笔记本，试着整了整，接着又翻开看起来。他这样做，不过是感受到一种深深的侮辱，或者至少应该这样理解。

坐在第一排的人，神情那么紧张地注视着K，K也朝下看了他们一会儿。他们都是上了年纪的男人，有几个已经须眉苍苍。也许他们就是能够左右整个会场的关键人物吧？从K开始讲话以来，整个在场的人都陷于无动于衷的心态里。现在他当众侮辱了预审法官，也没有把他们从这种心态里拖出来。

“发生在我身上的事情，”K接着说，他稍微放低了声音，并且一再搜索着第一排人的神情，他的讲话显得有些漫不经心，“发生在我身上的事情，不过是一个个别的事件，而这种个别的事件也无关紧要，因为我并不太把它当回事。但是，这却代表着像施加给许多人一样的诉讼。我现在在这儿是替那些人来受审的，而不是为我自己。”

他不由自主地提高了嗓门。大厅里，有人举起双手鼓掌喝彩：“好极了！说得太棒啦！好极了！接着说下去吧！”坐在第一排的人不时地捋着他们的胡子，没有一个人因为这突然的叫喊声转过身去看。K对那人的喝彩也不大在意，但是他确实受到了鼓舞；他现在根本不再认为有必要赢得大家的鼓掌喝彩，只要能使众人开动脑筋思考这个问题，一个一个地把他们说服争取过来，他就感到心满意足了。

“我不想去哗众取宠，”K 出于这种考虑说，“这我也不可能办得到。预审法官先生或许更善于辞令，这当然跟他的职业密切相关。我只希望公开地来讨论解决一个公开的弊端。请听我说：大约十天前，我被捕了，那被捕的经过连我也觉得可笑，但是在这里也用不着赘述。一大早，我在床上遭到了突然袭击，也许那些人——按照预审法官的说法完全是可能的——得到的命令是逮捕某一个像我一样无辜的室内装修工，可是他们选中了我。两个粗暴无礼的看守占据了我隔壁的房间。假使我是一个危险的强盗的话，他们也不会采取比那更缜密的防范。再说，那两个看守都是道德败坏的无赖，他们在我的耳边喋喋不休，想诱使我向他们行贿，企图以卑鄙的借口来骗取我的内衣和外套。他们当着我的面厚颜无耻地瓜分了我的早点，却又假惺惺地向我要钱，说是去给我买早点吃。还有让人更为不可忍受的。我被带到第三间屋子里去见监督官。那是一位我非常尊重的女士的房间，我只好眼睁睁地看着这间屋子由于那看守和监督官的出现而遭到某种程度上的亵渎。虽说是因为我的缘故，但我没有一点过错。那当儿要保持镇静谈何容易，可是我做到了；我泰然自若地问监督官，为什么逮捕我——如果他要在这里的话，无疑会证实这一点。那么，监督官是怎么回答我的呢？他的样子我至今依然历历在目：他就坐在我刚才提到的那个女士的椅子里，好一副悠然自得麻木不仁的傲慢神气。先生们，他其实什么也没有回答，也许他真的一无所知；他逮捕了我，便也就心安理得了。他甚至还另有准备，把我银行里的三个下级职员也带到那女士的房间里，听凭他们把那女士所珍爱的相片翻腾个乱七八糟。他找这三个职员来，当然还有另外一个目的，那就是指望着他们同我的女房东及其用人一样，四处散布我被捕的消息，借以在社会上损害我的声誉，尤其是动摇我在银行里的地位。然而，他们的企图没有得逞，可以说彻头彻尾地落了空，就连我那女房东，一个十分平平常常的人——在这里，我想说出她的名字以表示敬意，她叫格鲁巴赫太太——就连格鲁巴赫太太也明智地认识到，这样的逮捕跟街头上那些无人看管的毛小子耍的恶作剧没有什么两样。我再说一遍，这一切只是给我带来了麻烦和暂时的恼怒。可是，难道说这就不会招致更坏的后果吗？”

K说到这里停住了，他的眼睛朝着一声不吭的预审法官瞥去，似乎发现这家伙正在给人群里的某个人递了个眼色。K微笑着说：“坐在我旁边的预审法官先生，刚才给你们之中的某个人递了一个暗号。在你们里头有人受台上的指使。我不知道这个暗号是要叫人鼓掌呢，还是叫人嘘我，现在我既然已提前揭穿了事情的真相，我也就完全意识到不用再去追究这个暗号的实际意义了。这对我来说丝毫无关紧要，而且我在此公开允许预审法官先生，可以大声地去命令他下面所雇用的人，随他去说：‘现在就发嘘声吧！’还是：‘现在鼓掌吧！’用不着再去给他们打暗号了。”

不知是窘迫还是不耐烦了，预审法官在他的椅子里挪来挪去。身后那个早些跟他说过话的人又朝他俯下身，看样子不是冠冕堂皇地给他鼓气，就是给他出些什么特别的点子。台下，听众们低声而热烈地谈论着。原先似乎截然对立的两方现在结合在一起了，有的人指着 K，有的人指着预审法官，议论纷纷。大厅里烟雾弥漫，让人简直难以忍受，甚至连站得远点的那些人也无法看得清楚。尤其对回廊上的人来说一定更加糟糕；他们不得不一边低声问着楼下的听众，想进一步弄个明白，一边也少不了胆怯地斜着眼去望望预审法官。答话的人用手遮在嘴边，同样低声悄悄地回答。

“我马上就完了。”K 说着用拳头敲了敲桌子，因为桌上没有放铃。预审法官和他的顾问因此吃了一惊，两颗凑在一起的脑袋不由自主地分开了一会儿。“这件事我全然置之度外，因此我能够冷静地来评判它。如果你们对这个所谓的法庭感兴趣的话，你们仔细地听我说，对你们会大有好处的。我所说的，你们相互要议论的话，在此请你们过后再说吧，因为我没有时间了，马上就得离开。”

大厅里顿时一片肃静，K 已经强有力地控制了会场。听众们不再像开始时那样乱喊乱叫了，甚至也不再鼓掌了，他们似乎已经被说服了，或者就要被说服了。

“毫无疑问，”K 十分温和地说，他喜欢整个会场里听众这般屏息凝神的关注劲儿，出现在这鸦雀无声的气氛中的一个嘘声，也要比那欣喜若狂的掌声更富有鼓动力，“毫无疑问，在这个法庭一切活动的背后，以我的案子来说，也就是在逮捕及今天预审的背后，活动着一个庞大的机构。这个机构不仅雇用了贪赃枉法的看守、愚蠢可笑的监督官和养尊处优糟糕透顶的预审法官，而且无论如何还豢养着一个高级的和最高级的判决组织。那里有一群数不胜数、必不可少的追随者，诸如侍从、秘书、警察以及其他助手之类，甚或还有刽子手，我不忌讳用这个词。先生们，这个庞大的机构存在的意义何在呢？它的存在不外乎就是滥捕无辜，给他们施加荒唐的和大多数情况下不了了之的诉讼，就像我这桩案子一样。既然这一整套都如此的荒唐不堪，又怎样来禁止官员们恶劣至极的贪赃枉法呢？这是不可能的，或许连那最高法官本人也办不到。正因为这样，那些看守们才不择手段地从被捕的人身上窃取财物；正因为这样，监督官才敢于闯入民宅；也正因为这样，醉翁之意，不在于审判无辜，而是要让无辜在大庭广众之下遭受人格的侮辱。那两个看守口口声声只说被捕人的衣物都给送到仓库里保存，我倒要看看这些仓库，看看那些被捕的人辛辛苦苦攒来的、只要还没有被小偷似的仓库管理官员偷窃的财物是怎样在其中霉烂的。”

这时，大厅那头发出了一声尖叫，打断了K的话。昏昏暗暗的光线使烟雾弥漫的大厅里出现一道道闪烁耀眼的雾障，K把手搭遮在眼睛上方，想要看个清楚。原来是那个洗衣妇。她一进来时，K立刻就看出她会添乱的。现在到底是不是她的过错，谁也弄不清楚。K只看见一个男人把她拽到门旁的一个角落里，紧紧地搂在怀里。但是，大声尖叫的不是她，而是那个男人；他嘴张得老大，眼睛直盯着屋顶。在他们周围聚拢了一小圈人，附近回廊上的人显得很兴奋，K给这个会场所带来的严肃气氛就这样被打破了。凭着一开始的印象，K本能地想冲过去，恢复那儿的秩序，至少要把那一对男女从大厅里撵出去。他也心想着这样做当然会中大家的心意。但是，坐在他面前的头几排人像固定住了似的，一个个动也不动，谁也不让他过去。相反，还有人阻拦他，老头子们伸开胳膊挡住他，而且有一只手——他来不及回头去看——从后面揪住了他的衣领。这时候，K再也顾不上去考虑对付那一对男女了，觉得好像自己的自由遭到了限制，仿佛他们真的当他被捕了。于是，他无所顾忌地从讲台上跳了下去。现在，他对着拥挤在一起的人群站在那里面面相觑。是不是他看错了这些人？是不是他过分地相信了自己讲话的影响？是不是他讲话时他们故意在装腔作势？是不是他讲完了话后，他们现在对自己的装腔作势感到厌倦？看看他周围是一副副什么样的神态？一对对黑色的小眼睛诡谲地闪来闪去，一个个都耷拉着脸，活像酩酊大醉的酒鬼，那长长的胡子稀稀拉拉，又僵又直，一触上去，就觉得好像碰到了尖爪，而不是胡子。但是，在这大胡子下——这才是

K 真正的发现——，外衣领上大大小小五颜六色的徽章闪闪发光。一眼看去，人人都佩戴着这样的徽章。表面看去，他们分成了左右两派，其实都是一丘之貉。K 猛一转过身来，发现预审法官的领子上也佩戴着同样的徽章，他双手抱在怀里，悠然自得地看着下面的场景。“原来是这样，”K 大声喊道，两臂挥向空中，他突然明白了，心中的愤怒一下子爆发了出来，“我总算明白了，你们原来全都是些官员，你们就是我刚才所说过的那帮贪赃枉法的家伙。你们挤到这里来，充当听众和密探，表面上分成两派，一派为我鼓掌喝彩，企图摸清我的底细。你们要演练怎样去玩弄无辜人上当的鬼把戏！好吧，但愿你们在这儿没有白费气力，你们或者是拿别人期待着你们去为无辜辩护来为自己开心，或者是——让开我，不然我就动手了，”K 对着一个特别靠近他的、战战兢兢的老头子吆喝道，“或者是你们真的领悟到了一点什么。我就拿这番话祝愿你们在自己的职业里走运吧。”他匆匆地抓起自己那顶放在桌边上的帽子，在一片鸦雀无声——至少是地地道道的目瞪口呆的寂静中，挤到门口去。可是，预审法官似乎比K还要来得快，他已经在门旁等着K。“等一等。”他说道。K停住步，但他的眼睛依然看着门，不屑去看预审法官一眼；他的手已经抓住了门把手。“我只想提醒你，”预审法官说，“你今天——想你现在可能还没有意识到吧——放弃了对被捕者必然会带来的好处。”K对着大门哈哈一笑。“你们这帮恶棍，”他大喊道，“我把一切审讯都赏给你们。”说着打开门，匆匆地走下台阶。在他身后，从沉寂中解脱出来的大厅里传来了叽叽咕咕的议论声；他们也许正以学者的姿态开始探讨刚才所发生的一切。

Franz Kafka

Das erzählerische Werk

Der Prozess

在空荡荡的审讯厅里——大学生——办公室

在第二个星期里，K 天天等着再次传讯他的消息，他不能相信，他们会把他放弃接受审讯的话真的当回事。直到星期六晚上，他依然没有接到所期盼的通知，于是他揣测，他大概理应在同样的时间到同样的地方去。因此，他星期天又去那儿了。这一次，他径直登上楼梯，穿过走道，有几个还记得他的人从门里向他打招呼。不过，他不用再去向任何人打听，很快就来到了他要去的门前。他一敲门，门就打开了。他不想回过头去再看那个站在门旁面孔熟悉的女人，打算直接到旁屋去。“今天不开庭。”这女人说。“为什么不开庭呢？”他问道，他不相信这是真的。可是，这女人打开了隔壁的房门，他才相信了。屋子里真的空荡荡的，显得比上星期天更加凄凉。那张桌子还是原样摆在讲台上，上面放着几本书。“我可以看看这些书吗？”K问道，他不是出于特别的好奇，只是觉得不能白来一趟。“不行，”这女人一边回答，一边又关上门，“这是不允许的。那些书是预审法官的。”“我明白了，”K说着点了点头，“那些书也许是法律书吧。这个法律很有一套，清白无辜判你罪，一无所知也判你罪。”“可能就是这样吧。”这女人说道，她并没有完全理会K的意思。“好吧，那我只好再回去了。”K说道。“要不要我给预审法官捎个话？”这女人问道。“你认识他？”K问道。“当然啰，”这女人回答道，“我丈夫就是法院的听差。”K这时才发现，这个不久前仅放着一个大木盆的房间，现在已经变成一间布置得很完备的起居室。这女人看到他惊奇的神色便说：“是的，我们免费住在这儿，可是，在法院开庭的日子里，又必须把屋子给腾出来。我丈夫的这个位子颇有不尽如人意的地方。”“我对这间屋子倒不那么感到惊奇。”K说，并且煞有介事地看着她，“叫我更为惊奇的是你已经结婚了。”“你莫非指的是上次开庭时，我扰乱了你的讲话吗？”这女人问道。“当然啰，”K回答道，“现在说来都是过去的事了，差不多也忘记了。可是当时简直气得我火冒三丈。况且你自己说你已经是有夫之妇了。”“当时打断了你的讲话，对你并没有什么不好。人们后来对你的讲话更是说三道四。”“也许吧，”K说着转了话题，“不过，这个并不意味着可以原谅你。”“凡是认识我的人，没有不原谅我的，”这女人说，“你看到的那个抱住我的人，纠缠我已经好长时间了。一般说来，我也许对男人就没有什么吸引力，但是对他却很有魅力。我拿他没有法子，久而久之，连我丈夫也认了；如果他不想丢掉这份差事的话，只有忍气吞声了，那家伙是个大学生，将来准会成为权势显赫的人物。他老是追着我不放，就在你到来之前，他刚刚走开。”“真是物以类聚人以群分呀，”K说，“这并不叫我感到奇怪。”“我看你大概想改变一下这儿的现状，是吗？”这女人用审视的目光慢条斯理地问道，好像她说的话对她和 K 都有危险似的。“这个我从你那次讲话中已经听得出来，我本人也非常喜欢你的讲话。可惜我只听了一部分，开头没有听到，你讲到最后的时候，我和那个大学生正躺在地板上。—— 这儿是如此的可怕呀。”她停了一会儿说，并且抓住了 K 的手。“你想要改善现状，你觉得你会成功吗？”K 微微一笑，在她那温柔的两手里，稍稍动了动自己被抓着的那只手。“其实，”他说，“并不像你所说的那样，要改善这里的状况，那可不是我的事儿。可以说，你要这样讲给预审法官听的话，他不是拿你取笑，就是教训你一顿。实际上，我当然不会自愿搅和进这些事情里去，也从来不会去考虑改善这种法院制度而耽误我的睡眠。但是，据说我被捕了 —— 也就是说我被捕了，我因此不得不搅和进来了，更确切地说，是为了我自己。可话说回来，如果这期间我能帮你什么忙的话，当然很乐意帮你。这样说并不只是出于仁爱，而更是因为你也会帮我的忙的。”“我怎么能帮你忙呢？”这女人问道。“比如说，让我看一看桌子上那几本书。”“那当然可以。”这女人一边大声说，一边急不可待地拽起他就走过去。那都是些翻得不成样子的旧书，有一本书的封面从中间几乎破开了，两边仅靠着寥寥无几的丝线连在一起。“这里的一切简直脏透了。”K 摇摇头说。没等 K 伸手去拿书，这女人立刻撩起围裙，至少也要拭去表面上的尘灰。K 随手打开最上边的一本书，展现出的是一幅伤风败俗的画面：一对男女赤身露体，坐在沙发上，画家的淫秽意图显而易见。可是，他的画技则拙劣至极，画面最终能看到的只是一男一女两个人，那过分硕大的躯体凸出画面，由于透视远近不当，身子僵挺而无相对转向的空间。K 没有再看下去；他只翻开了第二本书的扉页，那是一本小说，书名是:《格莱特怎样遭受丈夫汉斯的折磨》。“这些就是他们要研究的法律书，”K说，“竟是这样一帮人要来判我罪。”“我会帮你的，”这女人说，“你欢迎吗？”“你真能帮我吗？你就不怕给自己带来什么危险吗？你刚才还对我说，你丈夫的命运就握在那一群人手里。”“尽管如此，我照样要帮助你，”这女人说，“来吧，我们得认真地商量一下。别再提对我会有什么危险；什么危险不危险，我乐意怕就怕，我不乐意怕就不怕。跟我来吧。”她手指着讲台，叫他一起坐到讲台的梯阶上。“你这对黑眼睛真漂亮，”他们坐下后，她一边说，一边朝上端详着K的脸，“人都说我长着一对可爱的眼睛，可是你的眼睛比我的更可爱。再说你头一回来这里时，立刻就让我盯住了。也正是因为你，我后来也溜到会场里来。我从来没有这样做过，甚至可以说根本不允许我这样做。”“原来是这么回事，”K心想道，“她自己就送上门来了，她跟这儿四周围所有的人一样堕落不堪；她厌腻了那些法院的官员，这是可以理解的。因此，她靠着恭维人家的眼睛，热切地迎接着任何一个陌生的人。”这时，K一声不吭地站起身来，仿佛他把自己的想法已经大声地说了出来，向这女人表明了自己的态度似的。“我不认为你能帮助我，”他说，“谁真要想帮助我，就得跟那些高级官员有关系。可是，你所认识的官员，不过是那帮在这儿成群结队地兜来兜去的小卒而已。你肯定跟这帮人混得很熟，我不怀疑，你是能够让这些人办点事情的。不过，就是让他们能够办到头的事情，也不会对这桩案子的最终结果有一丝一毫的帮助。这样一来，你还会白白地失去几个朋友。我可不愿意这样做。你要一如既往，跟那些人继续保持关系，我觉得这种关系对你是不可缺少的。我说这番话，心里不是没有愧疚的。坦诚地说，我也喜欢你，这也就算作你对我恭维的一种回报吧。特别是你像现在这样悲伤地端详着我时，我的心里就更不好受了。我看你大可不必这样了吧。你处在我不得不与之抗争的那个人群里，而且在其中感觉很不一般，你甚至爱着那个大学生；即使说你不爱他，至少在他和你丈夫之间，你更喜欢他，这从你的谈话里也不难听出来。”“不对！”她一动不动地坐在那里大声说道，并且抓住了K没有来得及抽开的手。“你现在不能走，你不能抱着对我的错误看法走开！难道你真的忍心现在就这样走开吗？你连再呆一会儿这个面子都不肯给我，难道我就这样无用吗？”“你误解了我，”K说着又坐下来，“如果你真的有意要留我在这儿的话，我是很乐意的。我有的是时间，我到这里来是想着今天会开庭的。我刚才所说的并没有任何别的意思，只想请你别为我这案子费心了。可是，对此你也不必介意，即使你觉得我一点儿也不在乎这桩案子的结果，将来对判决也只会一笑置之。我说这话当然有个前提，那就是这桩案子总归得有个真正的结果，对此我则十分怀疑。我更认为，由于办案官员的懒惰、健忘甚或害怕，这桩案子已经搁浅，或者即将搁浅。当然，他们也可能装作继续办案的样子，企图在我身上捞一把。我今天就可以说，别枉费心机了。我不会去贿赂任何人。如果你去告诉预审法官或者随便哪一个善于传播重要消息的人，就说无论那些诡计多端的先生们要玩弄什么样的花招，永远也别想诱使我去贿赂人。你可以直截了当地告诉他们，那是痴心妄想。再说，这些他们自己也许已经觉察到了；即使不是这么回事，我也根本不那么在乎他们现在是否已经听说。这样一来，不就只会使那些先生们省得费心了吗？当然，也使得我免受一些我倒喜欢承受的不愉快，因为我知道，我每承受一个不愉快，同时也对他们是一个不小的打击。而我所关心的，正是要达到这样的目的。你真的认识那个预审法官吗？”“当然啰，”这女人说，

“当我提出要帮助你时，我甚至第一个想到的就是他。我本来并不知道他只不过是一个无名小卒，可是经你这么一说，那准是真的了。尽管这样，我依然认为，他给上面打的报告毕竟会有一些影响。他总是在写报告。你说那些官员懒惰，但不都是那样，尤其是预审法官，他老是在写东西。就说上个星期天吧，会议一直开到晚上，别人都走了，而他仍留在大厅里，我不得不给他送一盏灯去。我仅有一盏厨房用的小灯，但他已经很满意了，而且立刻就开始写起来。这期间，我丈夫也回来了，他那个星期天正好休息，我们搬来家具，又布置好我们的房间。后来，几个邻居也来了，我们又点着蜡烛聊天。老实说，我们把预审法官忘了，然后就上床睡觉了。到了半夜时分，肯定已经到了深更半夜，我突然醒来了，看到预审法官就站在我的床旁边，用手遮着灯，不让灯光照着我的丈夫。他没有必要这么小心翼翼，因为我丈夫一睡下去，灯光哪会照得醒他呢？我吓得差点儿喊出声来，可是，预审法官和蔼可亲，提醒我要当心，悄悄地对我说，他一直写到现在，他是来还我灯的。我之所以告诉你这一切，只是想向你说明预审法官确确实实写了很多报告，特别是关于你的报告。审讯你无疑是上星期天开庭的主要议题之一。那样的长篇报告的确不能说一点作用也没有。但是，除此以外，你从那件事里也可以看得出来，预审法官对我有意，现在正好处在开始阶段——他肯定刚刚才注意上了我——，我可以给他施加大的影响。他对我很感兴趣，我现在还有其他证据可以说明。昨天，他让自己的助手，那个他信得过的大学生给我送来了一双丝袜，说什么这是对我打扫审讯厅的酬谢。这不过是一个借口而已。打扫审讯厅本来就是我分内的事，而且我丈夫为此得到了应有的报酬。你瞧，这袜子真漂亮，”——她说着就伸开两腿，把裙子直撩到膝盖上，自个儿也欣赏起这双袜子来——“这袜子真的很漂亮，可也太漂亮了，我这个人就不配穿它。”

她突然住口不说了，手搭到K的手上，仿佛要让他安静似的，悄悄地对K说：“嘘，贝托尔德在注视着我们。”K慢慢地抬起目光。在审讯室的门口，站着一个年轻人。他个子矮小，长着两条罗圈腿，蓄着一把稀稀拉拉略微发红的胡子，手指在上面不住地捋来捋去，好像极力要靠这把胡子给自己一副威风的仪表。K好奇地打量着他，这是他看到的他不熟悉的法律专业的第一个大学生，似乎还有点人情味儿，一个有朝一日也可能飞黄腾达的人物。可是，这大学生好像一点儿也不理睬K。转瞬间，他手指从胡子上拿开，勾着一只指头向这女人示意，自己朝窗口走去。这女人俯下身子，悄悄地对K说：“请别生我的气，我求求你，别把我想得那么坏，我现在得去他那儿。这家伙真是丑陋极了，瞧他那两条罗圈腿。不过，我一会儿就回来，然后跟你走，如果你不嫌弃我的话；你想上哪儿，我就跟到哪儿，你要我怎么都行。我只要能够尽可能长些时间离开这儿，就会感到幸福，当然，最好是永远离开这儿。”她又抚摩了一下K的手，跃起身直向那窗前奔去。K不由自主地去抓她的手，却摸了个空。这女人真的把他迷住了，可他为什么偏要拒绝这个诱惑呢？他思来想去，怎么也找不出一个站得住脚的理由来。刹那间，他怀疑这女人受法院旨意，引诱他上圈套，可这疑虑一下子又打消了。她凭什么引诱他上圈套呢？他不是有充分的自由立刻会来对付整个法院吗？至少只要涉及到他的时候就会这样！难道他连这一点自信都没有吗？她提出要帮忙，听起来是真心诚意的，也许不会没有一点作用。或许现在对预审法官及其帮手最有力的报复，就是从他们手上把这女人夺到自己身边来。这样，说不定什么时候就会有戏看：深夜里，预审法官挖空心思写完对K无中生有的报告后去找这女人，却发现床上是空的。之所以床上无人，是因为她属于K了，就是窗前这个裹在深色粗布衣里的女人，那丰满、灵巧和温柔的躯体完全只属于K一个人了。

他消除了对这女人的疑虑以后，便觉得他们在窗前窃窃私语的谈话太久了，于是他先用指节，接着又用拳头敲击着讲台。大学生瞟过这女人的肩膀瞥了K一眼，可是一点儿也不把他当回事，身子跟她贴得更紧，进而搂抱住她。她深深地低下头去，仿佛在全神贯注地听他讲话似的。她一俯下身子，他就一个劲地亲吻着她的脖子，依然滔滔不绝地说着话。正像这女人苦苦抱怨的那样，K亲眼证实了大学生对她施行的强暴。他猛地站起身来，在大厅里踱来踱去，眼睛一个劲儿地瞥着大学生，思量着怎样能够尽快把这家伙赶走。K踱着踱着，恨得直跺起脚来。叫他觉得颇为开心的是，他的举动显然激怒了大学生；他冲着K说：“如果你等得不耐烦了，何不走开呢？你本来早就该走开，是谁在这儿念着你呢？真没趣儿，甚至可以说，我一进来，你就应该走开，而且越快越好。”他说了这一番话，似乎发泄出了所有的怨恨。可是，无论怎么说其中也隐含着傲慢；他俨然以一个未来的法官的样子，神气十足地冲着一个不受欢迎的被告讲话。K 紧停在他的身旁，微笑着说：“我是等得不耐烦了，一点儿不错。可是，要消除我的不耐烦，最简单不过的办法就是你别缠着我们。可话说回来，如果你来这儿也许是为了学习的话 —— 我听说你是大学生 —— 那么，我倒很乐意带着这女人走开，给你腾出地方来。再说，你在成为法官之前，一定还有许多东西要学吧。我虽然还不大懂法律上的事，可我想象得出，单凭粗俗不堪的讲话，恐怕是远远不够吧。当然，你在这方面已经运用自如到厚颜无耻的地步。”“本来就不应该让他如此逍遥法外，”大学生说，好像他要给这女人就 K 那一番侮辱的话做解释似的，“这是一个过失，我曾经跟预审法官这样说过。在审讯间隔之间，至少也应该把他关禁在屋子里。预审法官有时候真叫人无法理解。”“废话连篇，”K说着朝这女人伸出手去，“走吧！”“啊呵，原来是这么回事，”大学生说，“不，不，你是得不到她的。”说着，他就用让人简直难以置信的力气一把把她抱了起来，一面含情脉脉地望着她，一面伛偻着身子朝门口走去。他显然对K有几分惧怕，但仍然要逞强来挑逗K，他用另一只空着的手抚摩和揉按着这女人的胳膊。K追了他几步，准备揪住他，必要时甚至摁住他的脖子。这时，这女人开口说：“这样没有用，是预审法官让他来叫我的，我不能跟你去，这个小丑，”她说着用手摸了摸他的脸，“这个小丑不会放开我的。”“难道你也不想脱身吗？”K大声喊道，一只手随之搭到大学生的肩上。这家伙张开牙齿就要去咬他的手。“不！”这女人喊着用双手推开了K，

“不，不，别这样了，你想干什么！这样不就要毁了我吗！放开他吧，我求求你，放开他。他不过是执行预审法官的命令，把我架到他那儿去而已。”“那好吧，我放他走，而你呢，我永远再也不想看见你。”K 说道，他心灰意冷，怨气冲冲，朝这家伙的背上狠狠一推，推得他一时踉踉跄跄，幸亏没有跌倒；他抱起这女人，反而显得越发蹦得高了。K 慢慢吞吞地跟在他们后面，意识到这是第一次不折不扣地败在这些人手里。当然，他没有理由因此而怕起来，他尝到了失败的滋味，可争端是他自找的。要是他安安静静地呆在家里，像平常一样过星期日的话，那他比这些人都要强千百倍，并且可以随心所欲地踢开任何一个挡道的人。这时，他的脑袋里闪现出一幕幕荒唐至极的情景，比如说，这个可耻的大学生，这个妄自尊大的小丑，这个长着罗圈腿的大胡子，也许什么时候便会跪在爱尔萨的床前，合拢着双手，苦苦乞求着她的爱怜。他想到这种情景，禁不住得意起来，决定只要一有机会就带着他去拜见爱尔萨。

出于好奇，K又匆匆赶到门口，想看看那女人会被带到哪儿去。这个大学生该不会抱着这女人穿过一条条马路吧。其实，他没有走多远。对着这屋子，有一道狭窄的木楼梯，好像是通到顶楼上去的，楼梯拐了一个弯，看不到尽头。大学生抱着这女人顺着楼梯走上去，他走得很慢，上气不接下气，刚刚他已经跑得精疲力竭了。这女人朝下向K摆摆手，竭力耸耸肩，示意她被人抢去，也怪不了她。可是她的这些举动没有表现出太多的惋惜。K毫无表情地注视着她，就像看着一个陌生人一样；他既不想当她的面流露出自己失望的样子，也不愿让她看到自己可以轻而易举地克服这种失望。

那两个人已经消失了，K依然站在门口。他不由得猜想到，这女人不仅引诱他上当受骗，而且还说谎捉弄他，声称什么人家要把她弄到预审法官那里去。那预审法官该不会坐在阁楼里等着吧。他久久地注视着木楼梯，但什么也看不出来。这时，他发现楼梯旁贴着一张不大的布告，走过去一看，上面就像是小孩的字迹，歪歪扭扭地写着:“法院办公室在楼上”。法院办公室原来就设在这座出租公寓的阁楼上？这样的机构是不会让人瞧得起的。对于一个被告来说，想想这法院那么寒酸的样子，毕竟会得到一种安慰；他们竟把办公室设在阁楼上，连那些本来就是最贫困的房客也不过是用它来堆放杂物的。当然，也不排除钱本来是够多的，可是，还没有等到花在正当的法院事务上，就已经装进了法官们的腰包。根据K以往的经验来看，这甚或是非常可能的。果真如此的话，法院这种恣意滥用钱财的丑恶行径，对他虽说是人格上的侮辱，可与法院那所谓的寒酸劲比起来，其实给他带来了更多的安慰。K现在也明白了，他们为什么第一次审讯时羞于传唤被告到这阁楼上来，而偏要选在他家里来骚扰他。与这位坐在阁楼里的法官比起来，K处在何等优越的地位啊。他在银行里单独享有一间宽敞的办公室，带有会客厅，透过大玻璃窗，可以领略到市广场上热闹非凡的景象！然而，他却没有靠贿赂或贪污得来额外收入，也不能命令自己的下属去抱一个女人到办公室里来。但是，K心甘情愿不染手这些事，起码一辈子要这样。

K依然伫立在那张布告前。这时，有一个男人顺着楼梯走上来，他从开着的大门看到起居室里面，从那里也看了看里面的审讯厅，最后问K刚才可曾在这儿看见过一个女人。“你是法院听差，对吗？”K问道。“是的，”这男人说，“啊呵，你就是被告人K，我这下也认出你来了，欢迎你。”随后他向K伸过手去，K一点儿也没有料到。“可是，今天没有出布告要开庭。”法院听差见K缄默不语便接着说。“我知道，”K一边说，一边注视着法院听差的便装，那是显示他身份的惟一标志，上面除了几个普通的扣子外，还有两枚镀金的，好像是从旧军大衣上摘下来的，“我刚才还跟你妻子说过话。她现在不在这里了。那大学生把她抢到预审法官那里去了。”“你看看，”法院听差说，“他们老是把她从我身边弄走。今天是星期天，我本来就没有上班的义务，但是，他们仅仅为了支开我，派我出去传达了一个绝对无用的通知。他们又存心把我派得不太远，好让我抱有希望，只要紧赶快赶，或许还可以及时赶回来。于是，我竭尽全力，拼命地跑去，一到那个单位，就冲着门缝，上气不接下气地把通知喊过去，他们几乎就没有听明白我说些什么。我一说完又疾步赶回来，可是，那大学生赶在了我的前面。当然啰，他近在咫尺，只消跑下阁楼楼梯就是了。我要不是这样被握在他们的手里，早就把他揍扁在这道墙跟前，就揍扁在这布告旁。我天天做梦都想着这样。就在这楼梯口上，揍得他死死地趴在墙上，两臂伸展，十指张开，两条罗圈腿扭成一个圆圈，鲜血四溅。可是，直到现在，这不过是梦想而已。”“难道就没有别的法子了吗？”K微笑着问道。“叫我看没有别的法子，”法院听差说，“现在他更是得寸进尺了。以前，他只是把她抱到自己那里，现在也抱给预审法官。不过，这个我早就预料到了。”“难道你的妻子就没有一点责任？”K问道，他发问时强压着自己的感情，连他现在也满腹妒忌。“当然有，”法院听差答道，“甚或说她负有最主要的责任。她一头栽进他的怀抱里恋恋不舍。说起他，见了女人就穷追不舍。就在这一栋楼里，他偷偷摸摸地溜这儿溜那儿，已经让五户人家给轰了出来。整个公寓里，算我妻子最漂亮，又正好碰上了这个无力自卫的我。”“如果事情是这样的话，那就毫无法子了。”K说道。“为什么说没有法子呢？”法院听差问道。“那个大学生是个胆小鬼，如果他再要动我妻子一下，我逼急了非得狠狠地揍他个半死不可，这样他就不敢再胆大妄为了。可是我不能去揍，别人也不肯来帮我揍，大家都害怕他的权力。惟有像你这样的男子汉才敢做敢为。”“为什么说只有我呢？”K十分惊奇地问道。“有人控告你了。”法院听差说。“是的，”K说，“那不就更得怕他；虽然他或许对我这桩案子的结果不会有什么作用，可切不可小看他对预审法官的影响。”“对，一点儿不错，”法官听差说，仿佛K的看法跟他自己的是一脉相承似的，“但是，一般说来，我们这里办案子不会有头无尾的。”“我不赞同你的这种说法，”K说，“可是，这并不会妨碍我有时会去对付那个大学生。”“那我就太感谢你了。”法院听差有些冠冕堂皇地说。其实，他看来并不相信自己能够如愿以偿。“也许还会，”K接着说，“同样收拾你们别的官员，甚或是全部。”“是的，是的。”法院听差说，仿佛这对他来说是不言而喻似的。然后，他向K投去信任的目光。在此之前，他虽然显得对K

十分友好，但始终抱着疑虑的心态看待他。他补充说：“人总会要有反抗的。”但是，这番谈话好像使他觉得有些不安，他不想再谈下去，便告诉 K 说：“现在我得去办公室汇报了。你愿意一起上去吗？”“我可没有什么事去那儿。”K 说。“你可以上去看看办公室嘛，谁也不会留意你。”“真有看的必要吗？”K 迟疑不决地问，但心底里却很想跟着去看看。“不用再说啦，”法院听差说，“我想你会感兴趣的。”“好吧，”K 终于说，“我跟着走。”于是，他跑着上了楼梯，比法院听差还要快。

K 进门时差点儿绊了一跤，因为门后还有一级台阶。“他们很少替大家着想。”他说。“根本就没有着想，”法院听差说，“你瞧瞧这候审室吧。”那是一条长长的过道，两旁一扇扇粗制滥造的门通向各个办公室里。虽说过道里没有透光的地方，但也不是漆黑一片，因为有些办公室冲着过道的这一面没有安装木板墙，而只用木栅隔了开来，自然也通到了顶上，光线透过木栅射了进来。透过木栅，可以看到里面的几个官员；有的在伏案书写，有的紧站在木栅前注视着过道里的人。大概是星期天，过道里的人寥寥无几，给人一种十分凄楚的感受。他们坐在固定在过道两旁的长木椅上，彼此几乎保持着同样的距离，一个个穿得邋里邋遢的样子。但从表情和神态，从胡子式样，从许许多多难以确认的细节来看，他们中的大多数属于比较上层的人物。过道里没有衣帽钩，他们把帽子都塞到椅子底下，这大概是一个看着另一个样儿的结果。那些紧坐在门跟前的人一看见K和法院听差走过来，便站起来打招呼，邻座的人看到这种情形，也自以为然，于是，大家不约而同地挨个儿站了起来。这些人从来就挺不直身子，弯着腰，屈着膝，站在那儿就像街头上的乞丐。K等了等稍稍落在他身后的法院听差，问道："难道他们非得这样卑躬屈膝吗？""是的，”法院听差说，“他们是被告。你在这儿看到的，全都是被告。”“真的吗？”K说，“这么说，我跟他们是同病相怜了。”他说着转向近旁一位身材细长、鬓发斑白的人。“你在这儿等什么呢？”K彬彬有礼地问道。可是，这出乎意料的问话一时弄得那人不知所措。他显然是一个久经世故、在任何别的场合无疑会应酬自如的人，绝不会轻易放弃自己面对许多人而力争来的优势，所以就让他显得更加难堪。可是，此时此刻，他竟不知如何来回答这样一个简单的问题，只是瞅着其他人，仿佛他们有责任帮助他，而没有他们帮忙，谁也别指望会得到他的回答似的。这时候，法院听差为了安慰那个人，给他鼓鼓气，帮他解解围，便走上前来说道：“这位先生只不过问问你在等什么。你就对他说说吧。”大概法院听差这个使他觉得熟悉的声音起了作用。“我在等着——”他一开口又卡住了。显然，他有意要这样来开头，是为了切中问题来回答，可是现在却想不出怎么再往下说。有几个等待的人凑了过来，围在他们周围，法院听差冲着他们说："走开，走开，让开过道。"他们稍稍向后退了几步，但没有回到原来的座位上去。这期间，那人才慢慢定下神来，面带微笑回答道："一个月前，我就我的案子递交了几份证词，现在等着审理结果。""看来你费了不少的神呀。"K说道。"是呀，"那人说，"这关系到我的案子啊。""不是人人都会像你这么想的，"K说，"比如说我吧，我也是被告，但我怎么痛快就怎么来，既没有递过什么证词，也没有干过其他任何类似的事情。你认为有那个必要吗？""我说不准。"那人说道，又一次完全失去了自信。他显然以为K在拿他开心，害怕再出什么新的差错，似乎觉得最好把先前的回答完全重复一下就行了。但是，面对K那急不可耐的目光，他只是说："反正我已经递了证词。""你大概还不相信我是被告吧？"K问道。"噢，可别这么说，当然相信啰。”这人说着稍稍闪向一旁，但是，从他回答的口气里，流露出来的是惶惑，并无信任可言。“看来你不相信我，对吗？”K 问道。他不知不觉地被这人那逆来顺受的奴才相激怒了，一把抓住他的胳膊，仿佛要逼着他非相信不可。可是，K 并没有想要治他，只是轻轻地跟他交了交手。不料这人大叫起来，好像 K 不是用两个指头，而是用一把灼热的火钳夹住他似的。这可笑的叫喊使 K 讨厌透了。如果他不相信 K 说自己是被告，那就更好；或许他真把 K 当成法官了。K 现在要跟他分手了，才狠狠地抓着他，一把将他推回到座椅上，然后径自走过去。“绝大多数被告都这么神经过敏。”法院听差说。他们走开以后，那人也不再叫喊了。这时，几乎所有的当事人都聚拢在那人的周围，好像要问个明白，到底是怎么回事。有一个看守也迎着 K 的面走过来。他身上佩着一把剑，一看就知道是个看守。那剑鞘是铝制的，至少从颜色看是这样。K 出神地看着剑鞘，甚至用手去摸了摸。这看守是听到有叫喊声才过来的，他问到底发生了什么事。法院听差试图敷衍几句把他打发走，可是，看守却一本正经，还非得亲自去看个究竟不可。他行了个礼，便继续走去，走得虽然很急，但步子迈得很小，而且有度，大概是患痛风的缘故。

K 并没有久久地留心过道里的看守和那群人，特别是因为他大约走到过道的中间时，发现右边可以穿过一个没有门的通道口拐进去。他示意法院听差是不是打这儿走。听差点了点头，K 随即拐了进去。他心里感到很不是滋味；他老是得走在法院听差前面一两步，至少在这个地方，他看起来像是一个被押送的犯人。于是，他一再停住步等法院听差，可这人立刻又落到了后面。为了结束这不自在的滋味，K 终于开了口："好吧，我已经看到了这儿是什么样子，现在想走了。""你还没有看完呢。"法院听差十分爽快地说。“我不想都去看了，”K说，他也确实感到很累了，“我要走了，出口在哪儿？”“你总不至于迷了路吧？”法院听差惊奇地问道，“你从这儿往前走到转弯的地方，然后向右再顺着过道一直走下去，就到门口了。”“你跟我一起去吧。”K说，“给我领领路。这儿这么多的过道，我怎么会知道该走哪条呢？”“只有一条道，”法院听差这时已经带着责备的口气说，“我不能再跟你回去了。我得汇报去。我已经为你耽误了很多时间。”“跟我一起走吧。”K现在更强烈地重复了一次，仿佛他终于当场抓住了法院听差在撒谎似的。“你别这么大声叫了，”法院听差低声说，“这儿到处都是办公室。如果你不肯自己一个人走回去，那我就再陪你走一段，或者你在这儿等着，我汇报完以后很乐意再陪着你回去。”“不，不行，”K说，“我不想再等了，你现在非得陪着我走不可。”K还没有顾得上四下看看他到了什么地方，只听见他周围有一扇门打开了。他随声看去，见一个姑娘走了出来，她显然是被 K 的大声讲话呼唤过来的。姑娘问道:“请问这位先生有何见教？”在这姑娘身后较远的地方，K 看见半明半暗中还有一个男人渐渐靠近。K 凝视着法院听差。这家伙刚才还说过谁都不会注意 K，可是现在已经来了两个人，要不了多大一会儿，所有的官员都会注意上他，要问他来这儿干什么。惟一可以让人理解和接受的解释是，说他是一个被告，想打听下一次审讯的具体日期。但是，他恰恰就不想给他们这样解释，更何况这也不符合事实。他到这儿来，只是出于好奇，或者是出于渴望，要断定这个法院的内部跟它的外部一样令人作呕。当然他更不可能这样去说。事实上，他的猜测看来是对的。他不想再深究下去，至此所看到的一切已经够憋得他喘不过气来。他恰好现在也没有心思去面对一个随时会出现在哪个门前的高级官员。他想离开，也就是说让这听差陪着，或者必要时只身走就是了。

然而，他站在那儿，木然不动，一句话也不说，显得很惹人注目。那姑娘和法院听差也真的在注视着他，看他们的神态，仿佛转瞬间在K的身上就要发生什么大的变化，他们不想错过这个可以亲眼目睹的时机。在门开着的地方，站着K刚才远远看见的那个人。这人抓住低矮的门楣，踮起脚尖悠然地晃来晃去，就像一个急不可待的观众。但是，姑娘首先发现，K木然不动的举止显得颇为不舒服的样子。她便搬去一把椅子问道:“你坐下好吗？”K立刻坐下来，双肘撑在扶手上，好把身子支撑得更稳些。“你觉得有点头晕，是吗？”姑娘问他说。这时，姑娘的脸就凑在他的眼前，显现出一副好些女人在青春年华时所特有的那种严肃的神色。“你别担心,”她说,“在这儿，这事已经司空见惯了，差不多每个初来这里的人都是免不了的。你是第一次来这儿吧？既然是这样，也就没有什么大惊小怪的。太阳晒在屋架上，直烤得梁木灼热，屋里的空气简直闷热得无法忍受。这个地方太不适宜于做办公室了，不管它除此以外有多大的用场。可要说起这里的空气来，在案子多的日子里，差不多天天人来人往，川流不息，弄得空气污浊不堪，难得叫人透过气来。如果你再想一想，还有各种各样洗好的衣服也晾晒在这儿——当然也不能完全禁止楼里的住家晾晒衣物——你就不再会因为你有点头晕而感到奇怪了。不过，时间久了，自然就习惯了。等你来上两三次后，差不多就不会再感到透不过气了。你感觉好些了吗？”K没有回答。这突然的头晕使他只好受这些人摆布，觉得太难堪了；他现在知道了自己头晕的原因，非但没有觉得好转，反而更加糟糕了。姑娘马上看在眼里，顺手抓起一根靠在墙上的带钩的竿子，打开正好在K的头顶上通往户外的小天窗，好让K透一透气。然而，烟尘随之纷纷扬扬地涌了进来，姑娘不得不马上又把天窗关上，拿出自己的手帕替K揩净两手。K已经虚弱得不能自理了。他倒很乐意安安静静地呆在这儿，等到恢复得有了足够的气力后再离去。不过，他们越少留意他，他肯定恢复得就越快些。但是，姑娘这时却说道:“你不能呆在这儿，我们在这儿会妨碍人走路的——”K目光扫视四周，似乎询问着在这儿到底妨碍了什么人走路——“如果你愿意的话，我送你去医院。请你帮一帮我吧。”她对着站在门口的那个人说。那人马上就靠了过来。可是，K不愿意到医院去，特别不愿意让人家把他弄到更远的地方;他去得越远，情况肯定就越糟糕。“我已经可以走了。”他说着站起身来，在椅子里舒舒适适地坐了一阵子，一站起来就抖抖颤颤的。但是，他依然挺不直身子。“看来还是不行。”他一边摇摇头说，一边又叹息着要坐下去。这时，他想到了法院听差。即使他这个样，听差也不用费什么劲就能把他送出去。

可是，他好像早就溜走了。K 从站在他面前的姑娘和那人之间望过去，连法院听差的影子也看不见。

“我想，”那人说，他穿着很讲究，特别是那件灰颜色的坎肩格外醒目，下面两只长长的尖角，线条裁剪得十分分明，“这位先生感到头晕，是因为这儿空气污浊。最好别先送他去医院，干脆弄到办公室外面去，他也会觉得这样做最好。”“说得对，”K 大声说道，他兴奋得差点儿没让这人把话说完，“那我肯定会马上好起来的，况且我并不是那么虚弱，我只需要有人在腋下搀一搀就行了。我不会给你添很多麻烦的，再说路也不长，你只扶着我到门口就行了，然后，我自己在楼梯上坐一会儿，便会很快恢复过来。我从来没有这样的毛病，连我自己也感到奇怪。我也是一个职员，一样习惯了办公室的空气，但这儿的空气看来太糟糕了，连你自己也这么说。劳驾你了，请稍微扶我一把吧。我觉得头晕；

一站起来，我就感到天旋地转。”他抬起肩膀，好让这两个人搀着胳膊扶住他。

可是，那人并没有依着 K 的请求去做；他两手安然自在地插在裤兜里，哈哈大笑起来。“你瞧瞧，”他对姑娘说，“还是我说准了吧。这位先生只是在这儿才觉得不舒服，在别的地方则是安然无恙的。”姑娘也微微一笑，可是用手指尖轻轻地点点那人的胳膊，仿佛他这样冒昧跟 K 开玩笑未免太过头了。“可是，你想到哪儿去了呢？”那人还是笑个不停地说，“我当然乐意扶这位先生出门。”“那就好。”姑娘一边说，一边稍微点了点那妩媚的脑袋表示致意。“你可别太介意他这么笑个不停。”她对 K 说。K 又陷入忧伤中，呆呆地凝视着前方，看来好像不需要听任何解释。“这位先生 —— 我可以介绍一下你吗？”（那人挥挥手表示不同意）——“这位先生是管咨询的，他给那些在案等待的人提供所需要的一切咨询。由于公众还不太熟悉法院事务，有许多人来求他咨询。他有问必答，还从来没有能难住他的问题。你什么时候有兴趣的话，可以试试他。可这还不是他惟一的特点。他的另一个特点是讲究穿着。我们，也就是说这些法官们，一向认为，考虑到尊严和第一印象，必须让这个咨询员穿着讲究，因为他始终首先跟诉讼各方打交道。遗憾的是，我们其他的人穿得很差，而且古板，你从我的穿着一下子就能看得出来；不过，我们几乎长年累月泡在办公室里，甚至睡在这里，把钱花在穿着上也没有多大意思。但是，正如刚才所说，对这位咨询员来说，我们一向认为讲究衣着是必要的。可是，我们的管理部门在这方面有些不尽如人意，不供给衣服。于是，我们只好募捐——连诉讼人也解囊相助——，给他买了这身漂亮的衣服和其他衣物。为了赢得一个良好的印象，似乎现在万事俱备，可他哈哈笑个不停，又把事情弄糟了，让人担惊受怕。”“说得头头是道，”

那人带着嘲讽的口气说，“可是，我不明白，小姐，你为什么把我们所有的内幕一股脑儿都透露给这位先生呢，或者更确切地说，强加给这位先生呢？他根本就不想听。你只看看他坐在那儿的样子，显然在琢磨着他自己的事。”K 毫无心思去反驳他。看来姑娘的用意是好的，她或许想分散一下 K 的注意力，或者有意使他能够打起精神来。可是，她的做法不对头。“我觉得有必要给他解释一下你为什么大笑，”姑娘说，“这笑里包藏着侮辱。”“我想，只要我最终扶着他出门，再厉害的侮辱他都会包容。”K 一声不吭，连眼睛也不抬一下，他听任这两个人拿他当东西一样做交易，他甚至觉得这样也很好。然而，他突然感到那咨询员的手搀起他一只胳膊，姑娘的手扶起另一只。“好啦，起来吧，你这个虚弱的男子汉。”咨询员说。“多谢你们二位了。”K 喜出望外地说，慢慢地立起身来，把那两个人的手拉到他最需要搀扶的位置上。“看起来，”当他们走进过道时，姑娘在 K 的耳旁小声说，“好像我特别有意要把这位咨询员往好的方面说似的。不过，你要相信，我是实话实说。他并不是个铁石心肠的人。他没有义务搀扶得病的诉讼人离开这儿，可是，你看他却这样做了。在我们中间，也许就没有狠心的人，我们十分乐意帮助所有的人。可作为法院官员，从表面上看，我们很容易被人看作好像都是些铁石心肠的人，不愿意帮助人。为此我简直苦恼极了。”“你要不要在这儿坐下来歇会儿？”咨询员问道。这时，他们已经到了过道里，正好走到了 K 刚才搭过话的那个被告跟前。在他面前，K 几乎感到有些难为情；刚才还那么挺直地站在他面前，现在却得让两个人搀扶着，他的帽子由咨询员托在叉开的五指上，他的头发乱蓬蓬的，披散在汗津津的额头上。不过，那个被告好像什么也没有发现，他低三下四地站在不屑看他一眼的咨询员跟前，一个劲儿地竭力为自己来这儿表白。“我不知道，”他说，“今天还不会审理我的申请。可我还是来了，我想，我可以在这儿等着。今天是星期日，我有的是时间，我在这儿也不会碍事。”“你用不着这样再三表白，”咨询员说，“你的小心谨慎实在令人钦佩。你虽然在这里不必要地占去了一个位子，但是，只要你不惹我讨厌，我就不愿意阻止你来这儿关注你的案子的进展情况。只要亲眼目睹过那些无耻地玩忽职守的人，也就学会了对像你这样的人要有耐心。你坐下吧。”“你听听，他多么善于跟诉讼人讲话啊。”姑娘低声说。K点点头，但是，他一听到咨询员又问他，不由得一下子心头火起：“你要不要在这儿坐下来歇会儿？”“不，”K说，“我不想休息。”他以极坚决的口气说出这句话，实际上他真巴不得坐下来；他就像晕了船一样。他觉得自己好像正处在一条在惊涛骇浪中颠簸着的船上，仿佛海水拍打着木船壁，从过道的深处传来滚滚怒吼的波涛声，过道随之横着颠上沉下，这些坐在两旁的诉讼人也随着上下沉浮。因此，扶着他的姑娘和咨询员的沉着更叫他不可理解。他只能听命于他们的摆布，只要他们一松手，他准会立刻像一截木头似的栽倒在地。从他们的四只小眼睛里，不停地闪现出锐利的目光。K感觉到了他们齐头并进的脚步，却不能跟着走；他几乎被一步一步地拖着走去。他终于觉察到他们对他讲话，可是，他弄不清他们说些什么，只听见那充斥着一切的喧闹声。透过这喧闹声，似乎有一个轰轰的声音如同长鸣的汽笛持续不变地回响在耳旁。“大声点说。”他耷拉着脑袋，有气无力地说道，现出很难为情的样子，因为他知道，他们讲话的声音已经够响了，只是他无法听清楚罢了。这时候，终于有一股沁人肺腑的气流迎面扑来，仿佛他面前的墙壁霍然裂开了似的。他听到身旁有人说：“他起先想走开，可是，后来成百遍地告诉他，这儿就是出口，他却一动不动。”K 发现自己到了门口，姑娘已经打开了门。他浑身的气力似乎一下子都回来了。他想先尝尝自由空气的滋味，便立即踏上了一级楼梯，从那里告别了两个搀扶他的人。他们躬着身听他说话。“多谢，多谢。”他不住地重复道，一再跟他们握手，直到他觉得这两位习惯了办公室空气的人，对这从楼梯上涌来的比较新鲜的空气不太适应时，才松开了手。他们几乎连回话的气力都没有了。要不是 K 眼疾手快地关上门，姑娘或许会从楼梯上跌落下去。然后，K 静静地站了一会儿，从衣兜里掏出一面小镜子，梳理好头发，捡起放在下一级台阶上的 —— 准是咨询员扔到那儿去的 —— 帽子戴在头上，接着跑下楼梯去。他那么精神焕发，跨着那么大的步子，连他自己对这突然的变化也有几分担心了。他一向十分良好的健康状况还从来没有给他带来过这样的意外。或许他的体内正酝酿着剧烈的转机，要使他为一个新的变化过程做好准备，因为它如此轻而易举地经受住了新的考验？他不完全排除过后有机会去看一看医生的想法，但不管怎么说，从今以后，他要使所有的星期天上午都过得比今天更有价值——在这一点上，他是可以自己拿主意的。

Franz Kafka

Das erzählerische Werk

Der Prozess

鞭手

接着有一天晚上，K离开办公室，穿过通往主楼楼梯的走廊时——他这天晚上可以说是最后一个离开的，只有发行部里还有两个办事员在暗淡的灯光下工作——，忽然听到从一扇门后传来一阵哀叹声。他向来以为那儿是一个堆放杂物的小仓库，可他自己从来也没有去看过。他诧异地停住脚步，侧耳细听，想弄清楚他会不会听错了。什么动静也没有了。可是，隔了一会儿，哀叹声又传来了。开始，他想去叫一个办事员过来，或许可以让他来作证。但是，一转念，一股不可遏制的好奇心驱动着他，他顺手推开了门。他猜得一点儿不错，果然是一间堆放杂物的小仓库。门槛后，废旧印刷品和陶制的空墨水瓶堆放得乱七八糟。可是，在那低矮的空间里站着三个人，弯腰曲背，一支固定在架板上的蜡烛微微地照着他们。“你们在这儿干什么？”K心里惴惴不安，急匆匆地问道，但声音并不大。三个人中显然有一个控制着另外两个，那人穿着一件深色的皮上衣，脖子、胸口和两只胳膊全部裸露在外面，特别引人注目。听到K的问话，他没有反应。可是，另外两个却大声喊道:“先生！ 就怪你在预审法官那里告了我们的状，我们才落了个挨鞭子的下场。”这时，K才认出了那两个人原来是看守弗兰茨和威勒姆，另外一个手里举着鞭子要抽他们。“怎么回事，”K一边说，一边凝视着他们，“我没有告过谁的状，我不过是如实地讲了在我的屋子里所发生的事情。而你们当时的行为也并不是无可指责的。”“先生，”威勒姆说，弗兰茨则站在他的背后，想躲开那个人，“要是你知道我们的收入是多么可怜的话，想你也不会那么狠心去糟蹋我们。我要养家糊口，弗兰茨也要成个家，谁都得千方百计地去寻找发财致富的路子，光靠老老实实地干是挣不来的，就是累死累活也没有用。你那令人垂慕的衣物使我动了心。当然，当看守是不准那样干的，那样干不对。可是，犯人的衣物归看守所有，这是传统的规矩，历来如此，我给你说的都是实话。这样做也是可以理解的，对于一个身陷囹圄，遭受如此不幸的人来说，要那些东西还有什么用呢？可是，一旦这事公开说了出去，那我们肯定就会受到惩罚。”“你们现在说的，我一无所知，我也根本没有要求惩罚你们，我只是本着一个原则。”“弗兰茨，”威勒姆转过身对另一个看守说，“我不是给你说过，这位先生并没有要求惩罚我们吗？现在你听听，他竟然不知道我们一定会受到惩罚哩。”“别听信那一套，”手里拿着鞭子的人说，“这样的惩罚是公正的，也是免不了的。”“别听他的话，”威勒姆说着突然住了口，一只手迅速地捂到嘴边，随之手上挨了一鞭子，“我们倒霉挨揍，都怪你告发了我们。不然的话，我们则安然无恙。即使他们知道我们干了些什么，也不会怎么样的。难道可以说这是公正的吗？我们两个，尤其是我，当看守多年来始终如一，尽心尽责，连你自己都不得不承认，我们替当局尽到了看守的责任。我们本来还有升迁的希望，自然不久也会升为鞭手，就像这位一样，他很走运，从来还没有被谁告发过，这样告人的事确实太少见了。可现在，我的先生，一切全完啦，我们的前途给断送了，我们不得不再去干比当看守更低下的事。再说，我们现在还得挨揍，忍受这死去活来的皮肉之苦。”“这鞭子真会抽得像你说的那样不堪忍受吗？”K一边问，一边审视着鞭手挥舞在他面前的鞭子。“我们都得脱光衣服。”威勒姆说。“原来是这样。”K说着打量起鞭手。那人脸孔晒得黑黑的，像个水手，一副凶神恶煞神气十足的模样。“难道就没有法子不让这两个人挨鞭子吗？”K问他。“没有。”鞭手微笑着摇摇头说。“把衣服脱光！”他这样命令着两个看守。接着他对K说：“你别相信他们说的那一套，他们就怕挨揍，已经有些招架不住了。比如说这个家伙，”他指着威勒姆，“刚才口口声声说什么他的晋升前程，简直可笑至极。你瞧他那肥胖劲儿，就是抽上几鞭子，也抽不出个名堂来。你知道他怎么会这么胖吗？只要他在场，哪个被捕的人的早餐都免不了去填他的肚皮。他不也吃掉了你的早点吗？怎么，我没有说错吧。不过，像他这样一个大腹便便的人永远也不可能升为鞭手，绝不会有这样的机会。”“可是，未必就没有这样的鞭手。”威勒姆一边声称道，一边解着裤带。“住嘴，”鞭手说着就扬起鞭子掠过威勒姆的脖子，吓了他一跳，“你瞎听什么呢，还不快快脱光衣服。”“如果你放走他们，我会重赏你的。”K 一边说，一边掏出自己的皮夹子，他不再去看鞭手一眼。干这类交易，双方最好是彼此心照不宣。“那你过后准也要告我一状，”鞭手说，“让我也挨鞭子。办不到，永远办不到！”“你好好想想，”K 说，“如果我真的希望让这两个挨揍，那我现在就不会去花钱使他们免受皮肉之苦。我可以随手关上门回家去，看不见，听不着。不过，既然到了这个地步，我不愿意这样做。说实话，我是认真的，我想让你放他们一马；如果我预先知道他们免不了要挨揍，或者只是可能挨揍的话，那我决不会说出他们的名字。我确实认为责任不在他们身上，祸根是那个机构，那帮高级官员才是真正的祸根。”“正是这样。”两个看守大声说，可同时都在赤裸裸的背上挨了一鞭。“如果你在这里鞭打的是一个高级法官，”K一边说，一边拦住了又要举起来的鞭子，“我确确实实不会阻拦你下手的，相反，我还会奖赏你，让你鼓足劲干这样的好事。”“你说的听起来挺在理，”鞭手说，“而我是不会让人收买的。既然我是被派来打人的，那我就要动手啦。”那个叫弗兰茨的看守也许本来一心期待着K的干预会给他们带来好的转机，因此一直几乎不露声色地缩在那里，身上只穿着裤子。他现在走到门口，到了 K 的面前，跪在了地上，拽着 K 的胳膊低声说：“如果你无法劝导他饶恕我们俩，至少要设法把我解脱出来。威勒姆比我年纪大，无论怎么说都更比我经得起鞭打，况且他在几年前就挨过一次不算厉害的鞭打，可我还从来没有这样丢过脸。我的所作所为都是威勒姆带出来的，好也罢，坏也罢，反正他是我的师傅。我的未婚妻在楼下银行门前还等着结果呢，我简直羞得无地自容呀。”他的脸依在 K 的外衣上，抹去了汪汪的泪水。“我可不等啦。”鞭手说着两手抓起鞭子，朝弗兰茨甩去，威勒姆则吓得畏缩在角落里偷偷地看着，脑袋动也不敢动一下。这时，从弗兰茨的喉咙里迸发出了一声尖叫，一声连续不断无以复加的惨叫，好像不是一个人，而是一个遭受刑讯的工具发出来的，一下子充满走廊，让整个楼里都听得到。“别叫啦。”K 吆喝道，他再也不能克制自己了；他一边神情紧张地朝着那两个办事员闻声准会赶来的方向看去，一边推了弗兰茨一把，虽然没很用劲，但足以使这个昏头昏脑的家伙倒下去，抽抽搐搐地伸开双手抓地。即使这样，他仍免不了挨打，那鞭子朝着倒在地上的他抽去，他在鞭下滚来滚去，鞭梢则随之富有节奏地一起一落。这时，远处已经出现了一个办事员的影子，另一个就跟在他身后几步远。K 赶紧推上门，走向靠着庭院的一扇窗前，打开窗子。尖叫声完全停止了。为了不让那两个办事员走近，K 大声说:“是我！”“晚安，襄理先生！”他们大声回道，“出什么事了？”“没有，没有，”K 回答道，“院子里有一条狗在叫，没有别的事。”看到两个办事员依然站着不动，K 又说了一句:“你们可以回去工作了。”说完，他把身子探出窗外，免得跟他们再说来说去。过了一会儿，他回过头来又朝走廊看去，他们都走开了。可是，K 依然停留在窗前，不忍心再去仓房，也不愿回家去。

他朝下望去：那是一个小四方庭院，四周围全是办公室，现在所有的窗户都黑洞洞的，惟有最上面的玻璃窗反射着蒙蒙的月光。他瞪着眼睛，极力企图朝庭院里一个黑洞洞的角落去看个究竟：那里堆放着几辆手推车。他为自己没有能阻止看守挨打的事而痛心。可话说回来，阻止不了也不能说是他的过失；如果弗兰茨不大声尖叫起来——不用说，他肯定被打得很痛，但是在这关键时刻，他得要控制自己——，如果他不大声尖叫的话，那么，K 至少还会找到劝说鞭手的办法。既然整个最低层的官员都是些见钱眼开的小人，难道说恰恰这个干着最没有人性的差事的鞭手会成为一个例外吗？何况 K 也注意到了，他那对眼睛一看到钞票时闪闪发光的样子。他之所以声称什么秉公办事，显然只是为了抬高要价而已。K 是不会吝啬几个钱的，他确实想把那两个看守解救出来。既然他现在已经开始了跟这腐败的法律机构搏斗，那么，不言而喻，他也要从这里打开缺口。可是，在弗兰茨开始尖叫起来的瞬间，一切便自然化为泡影。K 不可能眼睁睁地看着那两个办事员，或许还有其他各类各样的人闻声赶来，当场发现他跟这一帮人挤在杂物仓库里搞什么名堂。谁都不能要求他做出这样的牺牲。如果他真打算做出这样的牺牲的话，那么，他就会自己脱光衣服，挺身而出，替这两个看守来挨打，这可以说更简单。再说，鞭手一定不会接受他来当替身。鞭手要那样做，非但得不到好处，反而会落个玩忽职守的罪名，而且可能背上双重的罪名。只要 K 有案在身，他一定不能受到法院任何职员的伤害。不过，在这里也可能有特殊的规定在起作用。无论怎么说，K 除了随即推上门外，没有别的办法。即使如此，对他来说，到现在还绝对不能说一切危险都排除了。很遗憾，他最后还推了弗兰茨一把，都怪他当时太激动了。

远处，他听到了两个办事员的脚步声。为了不引起他们的注意，他关起窗，朝着主楼梯的方向走去。经过杂物仓库门前时，他停下来听了听。里面一点儿动静也没有了。也许那两个看守给打死了，他们完全落在了为所欲为的鞭手的手里。K 把手已经伸到了门把手上，可又缩了回来。他这下可帮不了他们的忙喽，那两个办事员随时都会赶来的。但是他发誓，决不会就此罢手的，他要尽自己的一切力量，来对付那些真正的罪人，那些迄今不敢向他露面的高级官员，以眼还眼，以牙还牙。他走下银行门外的台阶，仔细地观察着所有的行人，可连周围较远的地方也看不到一个在等人的姑娘的影子。弗兰茨说什么他的未婚妻在门外等着他，看来他是在编造谎言了。这当然是一个可以谅解的谎言，无非就是为了博取更多一些同情而已。

到了第二天，那两个看守的影子始终还萦

绕在 K 的脑子里；他工作心不在焉，为了赶完因此耽误的事儿，只好在办公室里呆得比前一天还晚些。他离开办公室准备回家，走到那仓库门前时，禁不住又打开了门。出现在他眼前的，不是预料中的漆黑一片，他简直难以自制，不知如何是好。屋里的一切依然照旧，跟他昨天晚上打开时看到的一模一样：那些印刷品和墨水瓶依然堆在门槛后面，鞭手手里持着鞭子，看守的衣服扒得光光的，架板上的烛光不停地闪烁。两个看守一看见 K 就抱怨起来，他们大声喊道："先生！" K 立刻砰地关上门，又用拳头狠劲地推了推，仿佛这样一来门关得就更严实了似的。他差点儿哭着跑到那两个在复制机旁全神贯注地工作着的办事员跟前。他们十分惊奇地停下活儿。"你们把这仓房全部清理干净！"他大声说道，"我们都快叫垃圾给埋了！"两个办事员答应第二天来清理。K 点点头，现在已经太晚了，他不能再去强求他们立即去干。他本来倒有这样的打算。他坐了下来，想在近前看看这两个办事员是怎样工作的，翻了翻几张复制好的东西，好以此给他们留下一个他在检查工作的印象。然后，他发现两个办事员似乎不敢跟他一起离开，便拖着疲惫的身体，茫然若失地回家去了。

Franz Kafka

Das erzählerische Werk

Der Prozess

K的叔叔——莱尼

一天下午——K正忙得不可开交，赶着处理当天就要发走的函件——，他的叔叔卡尔，一个乡下的小地主从两个来送文件的办事员之间挤过去，急急忙忙地走进了办公室。看到叔叔的到来，K并没有感到像他前些日子想象着叔叔要来时那么惶恐紧张。差不多一个月以前，K就断定叔叔肯定会来的。他常常在想象中看见他的模样儿，现在真的出现在眼前：微微驼着背，左手拿着那顶捏得塌下去的巴拿马帽，一进门老远就朝他伸来了手，接着莽莽撞撞急不可待地从写字台上递过去，凡是挡道的东西，都会给撞个乱七八糟。他的叔叔老是匆匆忙忙的样子，好像让那迂腐的想法追逐着似的：他要进城来，总是只呆一天，而且非得要在这一天里办完所有事先打算要办的一切事情不可。此外，他也不放过任何一个跟人寒暄、谈生意或者娱乐的机会。只要他一来，K 就得全力以赴，帮他办好所有要办的事，还得把他留在家里过夜。他从前是 K 的监护人，K 对他抱有特殊的感恩之心。“乡巴怪。”K 总是这么称他。他打完招呼——K 请他坐到椅子上再说，可他连这点空都没有——，就叫 K 跟他单独谈一谈。“我们很有必要来谈一谈，”他上气不接下气地说，“不谈我放心不下。”K 立刻把两个办事员打发走，吩咐他们别让任何人进来。“约瑟夫，你可知道我听到了些什么吗？”他看到屋里只剩下他们两个人时，便大声说道，随之坐到办公桌上，顺手抓来各种文件纸，连看也不看就垫在座下，以便坐得舒服些。K 缄默不语，他明白叔叔要问什么。但是，既然他已经突然脱开了这紧张的工作，索性就先舒舒服服地偷个闲。他透过窗户，望着马路对过。从他坐着的地方望出去，只能看到马路对过一个小小的三角地带，一道光秃秃的住宅墙夹在两家商店的橱窗之间。“你还有闲心往窗外看，”叔叔挥动着双臂大声说道，“天啦，约瑟夫，你回答我呀！是不是真的？难道说会是真的吗？”“亲爱的叔叔，”K说着把自己从心不在焉的境地里拽了出来，“我一点儿也不明白，你要我说什么呢。”“约瑟夫，”叔叔警告说，“就我所知，你从来不会说谎的。难道要我把你刚才说的话当作是不祥的兆头吗？”“我当然猜得到你要问什么，”K顺从地说，“你大概听到了关于审判我的事吧。”“是这么回事，”叔叔一边回答，一边半信半疑地点点头，“我是听到了关于审判你的事。”“是从谁那儿听到的？”K问道。“爱尔纳写信告诉我的，”叔叔回答道，“她也难得见你的面，你也不大关心她，不是吗？尽管如此，她还是听说了。我今天收到了她的信，当然马上就乘车赶来了。没有别的原因，可这个原因已经足够了。我可以把信中提到你的一段话念给你听听。”他从小皮夹里拿出那封信。“就在这儿，她写道：‘我已经好久没有看见约瑟夫了。上个星期，我去银行找过他一次，可是约瑟夫很忙，我没有见到他；我等了差不多一个钟头，然后不得不回家去，因为我还要上钢琴课。我真想跟他谈谈，也许不久会有机会见到他。我过生日时，他给我送来了一大盒巧克力。他真好，想得多周到。我上次写信时，竟忘了告诉你们这件事。现在你们写信问起我，我才想起来了。你们可要知道，巧克力到了寄宿公寓里，一下子就无影无踪了，还没有等你意识到有人送来了巧克力，就已经一扫而光了。可是关于约瑟夫，还有件事情我想告诉你们。如上所述，我到银行去无法见到他，他正在跟一个先生商量事。我耐着性子等了一会儿，然后问了一位办事员，他们是不是还要谈很久。他说或许要谈很久，因为谈话可能牵涉到对襄理先生提出诉讼的事。我问究竟是什么案子呢，他是不是搞错了，可是，他说他没有搞错，是有一个案子，而且还是一个严重的案子，不过，再多他就不知道了。他本人倒很愿意帮助襄理先生，说襄理心地良善，为人刚直。可是，他却不知道如何办是好，只好盼着某些很有影响的人物出面来帮他说话。他相信，肯定会有人出来帮忙的，事情终归会有一个圆满的结局。不过，他说眼下从襄理先生的情绪看得出，情况似乎不太妙。当然，我并没有把他的一番话当真，也设法去安慰那个头脑简单的办事员，叫他不要向任何人谈这事。我认为，他所说的这一切纯属无稽之谈。不管怎么说，亲爱的父亲，也许为了放心起见，你下一次进城的时候，最好应该过问一下这事。对你来说，可能容易打听到比较详细的情况。如果真有必要的话，也可以请你那些颇有影响的亲朋好友给通融一下。即使没有那个必要，这倒是很有可能的，那么，至少这不久会给你女儿带来一个拥抱你的机会，那会叫她多么高兴啊。'——真是一个好孩子。"叔叔念完这段信后一边说，一边抹去盈眶的泪水。K点了点头。他由于最近遇到了种种麻烦事，把爱尔纳彻底忘在脑后了，甚至连她的生日都忘掉了。她编造出送巧克力的故事，显然只是要替他在叔叔和婶婶面前保全面子。这实在感人至深。即使他打算从现在起定期送给她戏票，也肯定不足以回报她的一片心意。可是，去寄宿公寓看她，跟一个十八岁的女中学生聊天，他现在觉得也不合适。“那么你现在有什么要说的呢？”叔叔问道，这封信使他忘掉了一切焦急和不安，他好像又要把它念一遍。“是的，叔叔，”K说，“这是真的。”“难道说这是真的？”叔叔大声喊道，“什么是真的呢？这怎么会是真的呢？一个什么样的案子呢？不会是一桩刑事案吧？”“是一桩刑事案。”K回答道。“这么说你是安安稳稳地坐在这儿背着一桩刑事案子了？”叔叔大声喊道，他越叫声越大。“我越是镇静，越是对结果好，”K疲惫地说，“别担心。”“这怎能叫我放下心呢？”

叔叔大声说道，“约瑟夫，我亲爱的约瑟夫，想想你自己，想想你的亲人吧，再想想我们的声誉吧！你一直是我们的骄傲，你可不能成为我们的耻辱啊。你的态度，”他歪着脑袋看着K，“好叫我伤心。一个无辜的被告，如果他还有理智的话，不会采取这样的态度。快快告诉我，到底是怎么回事，好让我来帮助你。准是跟银行有牵连吧？”“不对，”K说着站起身来，“可是，你讲话声太大了，亲爱的叔叔，那个办事员肯定就站在门后听着呢，这叫我感到很别扭。我们最好另找个地方。我将尽量回答你提出的一切问题。我十分清楚，我有责任给全家人做出解释。”“好，”叔叔大声喊道，“很好，别慢慢吞吞，约瑟夫，你快点！”“我还有几件事要交代。”K说着拿起电话叫他的助手过来。不大一会儿，助手进来了。K的叔叔很激动，朝进门的助手挥挥手，示意是K唤他来。其实哪里用得着他这样做呢？K站在写字台前，一一地拿起各种文件，轻声地向这个年轻助手吩咐着他今天不在时还需要办的事情，助手冷静而专心地听着。K 的叔叔站在旁边，起先眼睛瞪得圆圆的，神经质地咬着嘴唇，搅得 K 心神不定。他并没有听 K 的讲话，可是那副装作要听的样子就够叫人闹心了。然后他在屋里踱来踱去，这儿停停，那儿站站，不是走到窗前，就是停在墙上挂的画前，嘴里不住地发出感慨，比如“这真叫我不可思议！”或者“天啦，这事将会是什么结果呢？”那年轻人装作好像对此丝毫也没有注意的样子，泰然自若地听完 K 的吩咐，随手记下几个要点，接着向 K 和 K 的叔叔鞠个躬就走开了。但是，K 的叔叔这时正好背对着他望着窗外，伸开的双手把窗帘攥成一团。门刚一关上，K 的叔叔就大声喊道：“这个俯首帖耳的家伙总算走了，现在我们也可以走了。终于可以走了。”他们到了前厅，那里闲站着几个官员和办事员，正好副经理也打前厅穿过。不幸的是，K 实在没有法子说动叔叔在前厅别再询问案子的事。“好吧，约瑟夫，”当K给那些站在前厅里向他鞠躬致意的人应付回礼时，叔叔却开口说道，“现在老老实实地告诉我，到底是一桩什么案子。”K含含糊糊地应付了几句，随便笑了笑，到了楼梯上，才向叔叔说明，他不愿意当那些人的面公开谈这事。“也好，”叔叔说，“不过现在可以说了吧。”他歪着脑袋，一口接一口地抽着雪茄，侧耳细听着。“叔叔，首先要说明的是，”K说，“这不是一桩普通法院受理的案子。”“那就糟了。”叔叔说。“这话是什么意思？”K看着叔叔问道。“我说的意思是那就糟了。”叔叔又说了一遍。他们站在银行楼前通往街道的台阶上。那个看门人好像在听着他们的谈话，K拉着叔叔下了台阶，消失在街上熙熙攘攘的人群里。叔叔挎着K的胳膊跟着走，他不再那么急于打听案子的事了。他们默默不语地往前走了好一阵儿。“可是，这事是怎么发生的呢？”叔叔终于又问起来，他突然停住脚步，连走在他身后的人也吓得赶紧避开了。“这样的事情不可能是突然发生的，而是早就酝酿起来了，这期间肯定少不了出现兆头，你为什么不写信告诉我呢？你知道，我可以为你做任何事情，我毕竟还是你的监护人，直到现在，我都引以为自豪。我当然现在还会尽力帮助你的，只是事到如今，案子已经开始审理，那就很难帮得上忙了。无论怎么说，也许你最好是请假，到我们乡下来住一阵子。我现在才发现你这阵子消瘦了。在乡下，你会强健起来，这样会有好处的，你肯定还将面临让你劳心的事情。不过，除此之外，从某种意义上来说，你也因此可以避开法院的淫威。在这儿，他们拥有一切可能的强力手段，必要时会随心所欲地用来对付你；但是，如果你到了乡下，他们要找你时得先派人去，或者企图靠写信、拍电报、打电话给你施加影响。这么一来，那股劲儿自然就弱了。虽说这不能使你得到解脱，但可以让你有喘息的机会。”“他们不可能让我离开这儿。”K说，叔叔的一番话把K拖进了那些人的思路里。“我不相信他们会禁止你离开，”他好像深思熟虑地说，“因为你离开不至于使他们的权力受到什么损失。”“我还以为，”K一边说，一边挽起叔叔的胳膊，好让他别站着不走了，“你会比我更不在乎这一切，想不到你现在把事情看得这么严重。”“约瑟夫，”他大声喊道，他想挣脱K的手原地站着不动，可是K不松开他，“你变了，你向来思想敏锐，头脑清醒，可是到了这个节骨眼儿上，你却变成稀里糊涂的样子了，难道你要输掉这场官司吗？难道你不明白这意味着什么吗？这意味着你彻底被毁掉。你的所有亲属也将无一幸免，或者至少是蒙受奇耻大辱。约瑟夫，振作起来吧。你这漠然置之的态度简直要使我发疯了。看看你的样子，禁不住会叫人相信起那句老话来：‘这样的官司，不打便意味着输了。’”

“亲爱的叔叔，激动是没有用处的。无论是你激动，还是我激动都无济于事。凭着激动是打不赢官司的。我向来十分尊重你的亲身经验，即使你现在说的叫我很惊讶，我依然不改初衷。请你也要稍许考虑考虑我的亲身经验。你既然说全家都会因为这桩案子受到株连 —— 其实要让我看，我绝对想不出会怎么样，不过这是题外的话了 ——，我心甘情愿，全听你的。只是按你的意思去乡下住一住这事，我则认为是不可取的。这似乎意味着逃罪，也等于承认自己有罪。再说，我在这里虽然受到更多的监控，但是我自己也可以更有力地促使这桩案子加速进行。”“这话说得好，”叔叔说，听他的话音，仿佛他们俩的想法现在终于彼此更加接近了似的，“我之所以那样建议，不过是因为我看到你留在这儿，抱着无所谓的态度，对你的案子有损无益。我觉得最好由我来替你为这桩案子跑一跑。可是，如果你自己愿意全力以赴，推进案子加快审理，那就再好不过了。”“在这一点上，我们的看法似乎是一致的，”K说道，“那么你现在说说看，我先应该怎么办呢？”“这事我当然还得考虑一下，”叔叔说，“你要想一想，我在乡下已经住了二十年，几乎就没有间断过，对于这样的事情，嗅觉也越来越不像从前那么敏锐了。天长日久，各种重要的关系，跟许多有影响的人物的联系自然也都疏远了。他们办这样的事也许更在行些。在乡下，我就像与世隔绝了一样，这点你是知道的。只有当你遇上了这样的事情时，你才会觉察到这一点。你的案子多多少少也出乎我的意料。我打收到爱尔纳的信后，就莫名其妙地猜到了一些类似的情况，今天一见到你，几乎是确信无疑了。不过，这些都无关紧要了，最重要的是现在别再耽误时间。”他话还没说完，就踮起脚尖，顺手叫来了一辆出租车；他一边大声地告诉司机去什么地方，一边拽着身后的K钻进车里。“我们现在乘车去胡尔德律师那里，”他说，“他是我中学同学。想必你也知道这个名字吧？难道不知道？这真是不可思议。作为辩护人，作为穷人的律师，他远近闻名，很有声望。不过，我特别信赖他的为人。”“我觉得你怎么办都行。”K说，虽然叔叔处理事情那匆匆忙忙、迫不及待的劲儿使他感到很不是滋味。身为被告，去一个穷人律师那儿，本来就不是什么体面的事情。“我还不知道，”他说，“遇上这样的案子，也可以请律师。”“当然可以，”叔叔说，“这是不言而喻的。为什么不可以呢？你现在就把迄今所发生的事情一五一十地告诉我吧，好让我对案子心中有数。”K立刻讲起来，前前后后，一丝不落。他只能以绝对的坦率，来抗拒叔叔认为这桩案子是一件奇耻大辱的看法。毕尔斯泰纳小姐的名字他只是捎带提过一次，可是，这并不会损害他的坦率，因为毕尔斯泰纳小姐跟这桩案子毫无干系。K一边讲，一边望着车窗外，发现他们正好快驶进法院办公室所在的郊区了，便让叔叔留意这个地方。可是，叔叔对这偶然的巧合并没有觉得大惊小怪。出租汽车在一座黑乎乎的屋子前停了下来。K 的叔叔随即按响了底层的第一家门铃；他们等着开门的时候，他笑着露出一口大板牙，低声说道："现在是八点钟，还不是接待客人的时候。不过，胡尔德不会因此生我的气。"这时，大门观察孔后，出现了一双黑溜溜的眼睛，望了这两个客人几眼后又消失了，可是门依然关得紧紧的。K 和叔叔彼此证实他们确实看到了一双眼睛。"也许是一个新来的女用人，害怕陌生人。"叔叔说着又敲敲门。那双眼睛又出现了，现在看上去好像很忧伤的样子，不过，这也许只是那盏没有加罩的煤气灯造成的幻觉；那灯就挂在他们头顶的上方咝咝吱吱地燃烧着，但只发出微弱的光来。"开门，"K 的叔叔一边大声喊道，一边用拳头砸着门，"我们是律师先生的朋友！""律师先生病了。”一个低微的声音从他们身后传过来。在小过道的那一头，一个穿着睡衣的先生站在一扇打开的门口，拖着非常低的嗓门这样说。K 的叔叔等了好久无人开门，气得直冒火；他猛地转过身去大声喊道：“病了？ 你说他病了？ ”说着咄咄逼人地冲着那人走去，好像他就是病根似的。“门已经打开了。”那先生一边说，一边指着律师家的门，然后裹起睡衣进屋了。门真的打开了，一位年轻的姑娘——K 又认出了那双黑溜溜的、有点凸出的眼睛——穿着白色的长围裙，站在前厅里，手里举着一支蜡烛。“下次开门要放快点！ ”K 的叔叔招呼也不打就冲着姑娘这样说，姑娘则稍稍行了个屈膝礼。“跟我来，约瑟夫。”他然后对K说。K很不情愿地打姑娘身边挪过去。“律师先生病了。”看到 K 的叔叔径直朝着一扇门闯去，姑娘便说道。她已经转过身去关大门，K 依然如痴如醉地盯着她：这姑娘长着一张布娃娃似的圆脸蛋，不仅那苍白的两颊和下巴，就连那太阳穴和额头都鼓得圆圆的。“约瑟夫。”叔叔又喊了一声，接着又问姑娘：“是心脏上的毛病吧？”“我想是的。”姑娘回答道，她趁机举着蜡烛走到前面，把房门打开。在烛光还没有照到的一个角落里，一张蓄着长胡子的脸从床上抬起来。“莱尼，是谁呀？”律师问道，烛光照得他眼睛无法看清来客。“是你的老朋友阿尔贝特。”K的叔叔说。“噢，是阿尔贝特。”律师说着又倒在枕头上，好像面对这位客人，没有必要硬充好汉似的。“难道真的这么不好？”K的叔叔一边问，一边坐到床边上。“我不相信会这么糟。这不过是你心脏病暂时发作而已，跟以前一样，很快就会过去的。”“也许吧，”律师有气无力地说，“不过，从来还没有这么厉害过。我觉得呼吸都困难，简直无法睡觉，而且一天比一天打不起精神来。”“原来是这样，”K的叔叔说，一只粗大的手把那顶巴拿马帽使劲地压到膝盖上，“真是不幸，你不是说有人好好照料吗？这屋子里如此冷冰冰的，黑洞洞的。我已经好久没有来过了，可还记得第一次来这儿时，觉得似乎比现在要欢快些。还有你身边这个小女佣看来不怎么活泼，或者是她故意装成这个样。”姑娘还一直举着蜡烛，站在门近旁；从她那模糊不清的眼神看去，她更留心的是K，而不是他的叔叔，即使这人现在正在议论她。K将一把椅子推到姑娘的近旁，身子靠了上去。“谁要病成我这个样子，”律师说，“就得有个安静的地方，我并不觉得这里冷冰冰的。”他稍微歇一歇后又补充道：“莱尼对我照料得很好，她是个好姑娘。”可是，这话说服不了K的叔叔，他显然对这个女佣抱有偏见。他并没有去反驳病人的话，而以严厉的目光注视着女佣。这时，她走到床前，把蜡烛放在床头柜上，朝病人俯下身去，一边整理着靠枕，一边跟他悄悄私语。K的叔叔几乎忘记了顾及眼前的病人，站起身来，在女佣的背后踱来踱去。倘若他此刻从背后一把抓住女佣的裙子，把她从床上拽下来，K 也不会感到惊奇的。K 自己则处之泰然，旁观着眼前发生的一切。他甚至庆幸律师正好有病缠身；他无法阻止住叔叔对他这桩案子所表现出的越来越热切的关心。而现在，他用不着去插手，便眼看着叔叔那股热情劲渐渐消散了，心里感到乐滋滋的。这时，叔叔冲着女佣说，也许只是想捉弄她一下：“小姐，劳驾让我们单独呆一会好吧，我有事要跟我的朋友商量。”女佣俯着身，离病人好远，正在铺着靠墙一边的床单。她听到这话后，只是把头一扭，十分冷静地说：“你看，先生病得这么厉害，他无法跟人商量事。”她说话时心平气和，跟 K 的叔叔那狂躁不安讲话结结巴巴、唾沫飞溅的神气形成了鲜明的对比。她重复了 K 的叔叔的话，大概只是出于不假思索的缘故，可是，让一个不关痛痒的局外人来听，毕竟会把它看做是一种嘲弄。K 的叔叔自然顿时火冒三丈，痛如针刺。“你这个混蛋东西。”他气急败坏，一时连这话也咕噜不清楚。K吓了一跳，尽管他已经预料到会发生类似的情况；他急忙冲到叔叔跟前，毫不犹豫地伸出两手堵住了他的嘴。然而，幸亏姑娘身后的病人欠起了身，K的叔叔才板着阴沉沉的脸，仿佛吞下了什么令人作呕的东西似的。他然后平静些说：“当然，我们还不至于到失去理智的地步。我是不会去强人所难的。现在请你走吧！”女佣挺起身站在床边，脸直对着K的叔叔。K似乎发现她一只手抚摩着律师的手。“当着莱尼的面，你可以跟我无所不谈，用不着有顾忌。”病人分明以迫切恳求的口气说。“说来也不是我的事，”K的叔叔说，“也不是我的什么秘密。”说完他转过身去，仿佛他不想再牵扯进这件事情里去，可又借此给了自己一个回旋的机会似的。“那么是谁的事呢？”律师以缓解气氛的口气问道，接着又向后靠去。“我侄儿的事，”K的叔叔说，“我也把他带来了。”接着他向律师介绍说：“银行襄理约瑟夫·K。”“噢，”病人顿时大大振作起精神说，并且向K伸过手去，“请原谅，我竟没有看见你在这儿。去吧，莱尼。”他一边对女佣说，一边依依不舍地握住她的手，仿佛跟她要久别似的。莱尼这一次顺从地走了。K的叔叔也消了气，随之走到床跟前。“这么说，”律师终于冲着K的叔叔说，“你不是来看病人的，你是无事不登门呀。”听他的话音，仿佛他刚才一直以为人家是来探病人，才弄得他在床上动弹不得。他现在看上去那么有精神，身子一直撑在一只胳膊肘上，这无疑就够费劲了，可手指还不住地捋着一绺胡须拈来拈去。“打那个女妖精走开以后，”K的叔叔说，“你的气色看来比刚才好多了。”他突然停了下来，低声说道：“我敢说她在偷听！”说着一下子冲到门口。可是门外连个影子也没有。他又走回来。女佣没有偷听，他感到的不是失望，而是觉得这意味着更大的恶意行为。可是他也许感到了无法启齿的苦涩，因为律师对他说道：“你错怪了她。”律师没有再去替女佣辩护；也许他要以此来表示她用不着人家替她辩护。不过，他又以比较关切的口气继续说下去：“关于你侄子的案子，如果我有力量能够胜任这项极其艰巨的任务的话，当然会感到非常荣幸。可我真担心我心有余而力不足。不管怎么说，我会竭尽全力想方设法来周旋。如果我爱莫能助，你还可以去另请高明。坦诚地说，这桩案子太牵动我的心了，我不会忍心放掉任何一个能够关照的机会。即使我的心脏不能支持下去，至少也可以说它找到了一个就是赔进去也完全值得的机会。”K似乎对这番话一句也摸不着头脑，他望了望叔叔，希望能从那里讨来个明白。可是，叔叔手里举着蜡烛，坐在床头柜上，那上面的一个药瓶早已滚到地毯上，无论律师说什么，他都点点头，好像什么都同意，而且还不时地看一看K，似乎敦促K也要同样表示赞同。难道叔叔在这以前已经把这案子的事告诉了律师？可这是不可能的，刚才所发生的一切，也没有任何可能的迹象。“我弄不明白——”K因此说道。“噢，也许是我误解了你的来意吧？”律师问道，他像K一样又惊奇又尴尬。“我也许操之过急了。你到底要跟我谈什么呢？我还以为是要谈你的案子的事呢。”“当然就是这事了。”K的叔叔说，接着又问K：“你究竟想干什么呢？”“是的，可是你怎么知道有关我和我的案子的情况呢？”K问道。“啊呵，原来是这么回事，”律师微笑着说，“你知道，我是个律师，就是跟法院这个圈子打交道的，各种各样的案子听得多了，引人注意的案子都印在了我的脑子里，更不用说是一桩涉及到朋友的侄子的案子了。这不会有什么大惊小怪了吧？”“你到底想干什么？”叔叔又问了K一遍，“你如此的神经过敏。”“原来你打交道的就是法院这个圈子？”K问道。“不错。”律师答道。“你问起问题来像个小孩子一样。”K

的叔叔说道。“我如果不跟我的同行打交道，你说该跟谁呢？”律师补充问了一句。这话听来是如此的无可非议，弄得K无言以对。“你肯定是效力于司法大楼里的那家法院，而不会跟设在阁楼里的那家法院打交道吧。”K本想这么说，可忍着没有说出去。“你得想一想，”律师接着说下去，听他讲话的口气，好像是在多余地捎带解释着什么不言而喻的事情，“你得想一想，从这样的交往中，我也让我的当事人得到了很大的好处，而且是多方面的好处。这些事根本不能老挂在嘴上。诚然，我现在病魔缠身，行动有些不便了，可是，尽管这样，法院里的好朋友还时常来看我，我从他们那儿得到了不少情况。我所得到的情况，也许比有些身体健康、成天呆在法院里的人还要多。比如说，现在正好就有一个好朋友来看我。”说着，他伸手指向房间一个黑洞洞的角落。“在哪儿呢？”K一瞬间吃惊得几乎出言不逊地问道。他半信半疑地四下张望。小蜡烛的光亮远远照不到对面的墙壁。在那边黑洞洞的角落里，果真有个影子在蠕动。这时，K 的叔叔举起了蜡烛；烛光下，他们看到一个老先生坐在一张小桌旁。他坐在那里，这么久居然没有叫人发觉，准是连气也不敢喘一下。他拖拖沓沓地站起来，显然不高兴大家注意上了他。一眼看去，他的两手像一对小小的翅膀一样摆动着，仿佛他要回绝任何形式的介绍和寒暄，无论如何也不愿意因为他在场而打扰别人；仿佛他在热切地请求着让他重新回到黑暗里去，让人们忘掉他的存在。可是现在，他无法再得到这一切了。“你们的到来，让我们好吃惊啊。”律师一边解释说，一边挥手招呼着那位先生走上前来。这人犹豫不决地四下张望着，慢慢地挪着步子走过来，然而却显得有几分风度。“法院书记官先生，噢，请原谅，我还没有把你们相互介绍一下 —— 这是我的朋友阿尔贝特 · K，这是他侄子约瑟夫 · K 襄理，这位是法院书记官先生——，承蒙法院书记官先生的深情厚谊，今天前来看我。其实，这种探望的价值只有内行人才能心领神会，因为他们知道，书记官先生的工作是何等的繁忙呀。尽管这样，他照样还来看我。我们谈得很投机，只要我的病体还能坚持得住，就一直会谈下去。我们虽然没有禁止莱尼放客人进来，也没有想到这个时候会有人来。但是我们的想法是，我们俩应该单独在一起，最好别有人来搅扰。可是，阿尔贝特，后来却响起了你猛烈的打门声，法院书记官先生便跟桌子和椅子一起搬到了那个角上。现在倒是个机会，也就是说，如果我们有这个愿望的话，我们似乎又可以亲密无间地靠拢在一起，来谈论一件共同关心的事情。请坐，书记官先生。”他一边指着床跟前的一把扶手椅说，一边点头献着殷勤，露出卑躬屈膝的笑脸。“很遗憾，我只能再呆几分钟，”书记官和蔼可亲地说，他慢条斯理地坐到扶手椅上看看表，“我有公事在身，得赶快回去。可不管怎么说，我也不会放过结识我的朋友的朋友的机会。”他向K的叔叔稍微点了点头。K的叔叔为结识了这样一个人而显得十分得意，但他天生就不善于表现谦恭的情感，只是尴尬而哧哧地大笑，用来回敬书记官的一番话。真是洋相百出！K可以安闲地观察着这里发生的一切，因为谁也没有理睬他。而被推出来的法院书记官却当仁不让，他侃侃而谈，好像习以为常了。律师起初装作病歪歪的样儿，也许只是为了赶走新来的客人；他现在竖起耳朵，全神贯注地听着。K的叔叔成了举蜡人——他把蜡烛放在自己的大腿上，律师很担心，不时望去——一会儿也没有了尴尬的神色。书记官轻轻地挥动着波浪起伏的手势，高谈阔论，振振有词；K的叔叔听得心醉神迷。K靠在床腿上，书记官把他完全冷落在一旁，也许是故意这样，他不过是这些老先生的一个听众而已。再说，K几乎没有留意他们说些什么；

他一会儿想着女佣以及他叔叔对她那粗暴的态度，一会儿又想着他是不是已经见过这个书记官，也许第一次审讯他的时候，他就在场。即使他可能弄错了，不过这个书记官要置身于那些坐在第一排的听众中，也就是那些胡子稀稀拉拉的老头子的行列里，倒是再也合适不过了。

这时，从前厅里突然传来一阵像打破瓷器的响声，大家都竖起了耳朵。“我去看看是怎么回事。”K说着慢悠悠地朝外走去，仿佛还要给在座的拦他回来的机会似的。他刚一跨进前厅，正要在黑暗中摸个清楚的时候，有一只比他的手小得多的手按在了他那只还扶着门的手上，轻轻地关上了门。原来是那个女佣，她一直就等在门外。“没有什么事，”她悄悄地说，“我往墙上扔了一只盘子，想把你引出来。”K羞怯地说：“我也正想着你呢。”“这就更好啦，”女佣说，“来吧。”他们挪了没有几步，来到一扇玻璃门前，走在K前面的女佣打开门。“请进。”她说。

这间屋子显然是律师的办公室。月光透过三扇高大的窗户，在地板上照下了三个小方块。月光下，可以看见房间里陈设着笨重的老式家具。“这边来。”女佣指着一把深色的雕花靠背椅子说。K一坐下来，就四面环顾起来。这间办公室又高又大，如果这个穷人律师的委托人一来到这里，肯定会感到茫然若失的。K的眼前顿时似乎浮现出了那些委托人迈着怯生生的步子，朝着这个庞然大物似的办公桌走来的情景。可是，他立刻又把这些置于脑后，眼睛直盯着女佣；她紧贴着他的身子坐在那儿，几乎要把他挤到一边的扶手上。“我心想，”她说，“用不着等我去叫，你自己会出来找我的。真奇怪，你一进门，就先盯着我不放，可后来却让我干干地等着你。再说，你管我叫莱尼吧。”她又匆匆地突然补充道，仿佛一刻说话的机会也不肯错过似的。“好吧，莱尼，”K说，“不过要说奇怪吧，这倒不难解释。首先，我得听那几个老头儿东拉西扯，不能无缘无故地走开啊。再说，我也不是厚颜无耻之徒，而且还有羞怯之感。而你呢，莱尼，说实在的，看样子也不像一个见面就会亲近的人。”“你说得不对，”莱尼说着把胳膊搭在扶手上打量着K，“可是，如果你一开始就不喜欢我，说不定现在还不喜欢我。”“说喜欢似乎不够分量。”K闪烁其词地说。“噢！”她微笑着说。K的话和这短促的怪叫使她赢得了某种优势。K一时也不说话了。这时，他已经习惯了屋子里的黑暗，可以看得清各种各样的陈设品。一幅挂在门右方的大油画特别引起了他的注意。他向前倾着身子，想看得清楚些。上面画的是一个穿着法衣的人，坐在一把高高的宝座上。那把镀金的宝座十分鲜明地突出在画面上。奇怪的是，法官坐在那里显得不那么严肃和庄重；他左臂紧紧地搭在椅背和扶手上，右臂则垂吊着，只是用手抓着扶手，仿佛他突然会变得怒不可遏，也许是气急败坏，随时会跳起来，要发表一通决定性的意见，甚或宣布判决。可以想象，被告准是站在他脚下的台阶上，从画面上可以看出，最上边的几级台阶掩盖在一块黄色的地毯下。“也许这就是我的法官。”K 用手指着这幅画说。“我认识他，”莱尼说；她也抬头望着画，“他常常到这儿来。这幅画是他年轻时让人画的，但一点儿也不像他，永远也不会像他。他个子矮得像个侏儒。尽管如此，他却要让人把他画得这么高大。他跟这儿所有的人一样，爱虚荣都要发疯了。可话说回来，我也是一个爱虚荣的人，你一点也不喜欢我，叫我心里好不是滋味。”听了最后这句话，K 只是默默地伸开两臂去抱住她，把她搂在身旁；她一声不响地把头倚在 K 的肩上。但是，K 接着她谈法官，问道：“他担任什么职务？”“他是一个预审法官。”她说完抓住 K 搂着她的那只手，抚弄起他的指头来。“只不过是一个预审法官而已，”K 失望地说，“那些高级官员都躲起来了，而他却坐在宝座上高高在上。”“这一切都是凭空臆想的，”莱尼一边说，一边把脸贴到K的手上，“他实际上坐在一张餐椅上，座上垫着一条折起来的旧马毯。可是，难道你非得老惦记着你的案子不可吗？”她慢条斯理地补充道。“不，绝对不是，”K回答说，“我甚至可能考虑得太少了。”“这并不是你的过错，”莱尼说，“你太倔强了，我听人这样说。”“这是谁告诉你的？”K问道；他感到她的身子贴近了他的胸部，便朝下看着她那浓密、乌黑、扎得紧紧的头发。“要是我都说给你的话，泄露出去的就太多了，”莱尼回答说，“请别问我是谁，叫什么名字。但是你要改掉自己的毛病，别再那么倔强；你抗不过这法院，必须认错。一有机会就认个错吧。你要不认错，就无法逃得出他们的掌心，只有认错才是上策。即使认了错，没有外援也是不行的。不过，你也不必为外援的事而伤脑筋，我愿意为你尽这份力。”“你很熟悉这个法院和法院里必不可少的种种阴谋行径。”K说着便把她抱到自己的怀里，因为她紧紧地依偎着他。“这样就好啦。”她一边说，一边抚展裙子，拉挺上衣，好让自己舒舒服服地坐在他的怀里。接着，她两手搂住他的脖子，身子向后一仰，久久地端详着他。“这么说，如果我不认错，你就不会帮助我啦？”K试探着问道。“你好像在争取女人来帮忙，”他几乎吃惊地想道，“首先是毕尔斯泰纳小姐，再就是那个法院听差的老婆，现在又是这个小女佣。她好像对我怀有一种莫名其妙的要求。瞧她坐在我怀里的样子，仿佛这是她惟一中意的地方似的！”“对，”莱尼一边回答，一边慢慢地抬起头，“那我就无法帮助你。可你一点也不愿意要我帮忙，对此丝毫也不在意，你固执得很，就是不听人的劝告。”“你有情人吗？”她停了一会儿问道。“没有。”K说。“噢，不对，你有。”她说。“是的，我是有情人，”K说，“你想一想看，我不承认她是我的情人，可我把她的照片却揣在身上。”在她的恳求下，他把爱尔萨的照片拿给她看。她蜷缩在他的怀里，仔细地端详着照片。那是一张快照，是爱尔萨跳完旋转舞后的瞬间拍的。她很喜欢在酒吧里跳这种舞。瞧，她的裙子犹如旋转张开的折扇，围着她飘拂飞舞。她双手插在腰间，仰起脖子看着一旁发笑；她在跟谁笑，照片上看不到。“她的腰束得好紧，”莱尼说着指向她认为腰间紧束的地方，“我不喜欢她，她又粗又笨。不过，也许她对你既温柔又体贴，从照片上可以看得出来。像这么高大强壮的姑娘除了温柔和体贴别无选择。可是，她会为你而牺牲自己吗？”“不会的，”K说，“她既不温柔，也不体贴，更不会为我而牺牲自己。到现在为止，我既没有要求她要温柔体贴，也没有要求她要为我做出牺牲。其实，我从来还没有像你这样仔细地看过她的照片。”“这么说来，你对她并不太感兴趣，”莱尼说，“她根本就不是你的情人。”“情人还是情人嘛，”K说，“我不食言。”“好吧，就说她现在是你的情人，”莱尼说，“但是，如果你失去了她，或者换了另外的女朋友，比如说我吧，我看你不会太把她放在心上的。”“当然啰，”K 微笑着说，“这是可想而知的。不过她比起你来有一大优势，她对我的案子一无所知。即使她知道了，也不会去为这事费心。她不会设法来劝我逆来顺受。”“这并不是什么优势呀，”莱尼说，“如果仅此一点的话，我就不会失去勇气。她有生理缺陷吗？”“生理缺陷？”K 问道。“对，”莱尼说，“我有这样一个小小的缺陷，你瞧。”她说着张开右手上的中指和无名指，其间连接着一层蹼状薄皮，几乎一直连到这两根短指头的关节上。黑暗中，K 没有马上弄清楚她要他看什么，因此，她拉着他的手，让他去摸一摸。“一只多么奇异的手啊。”K 说，他仔细地看了看整个手后又补充道：“一只多么美妙的手爪啊！”莱尼颇为自豪地观望着，K 十分惊奇，一个劲儿地把她那两根指头扒开来，拢过去，最后轻轻地吻了吻才放开了。“噢！”她立刻大声喊道，“你吻了我！”她张大嘴巴，双膝急匆匆地攀到他的怀里。K 抬起头来，几乎惊慌失措地看着她。此时此刻，她紧紧地依偎着 K，身上散发出一股胡椒似的刺人的辣味道；她抱住他的头，俯在他的身上，在他的脖子上啃来吻去，直到咬着他的头发。“你已经吻了我啦！”她不时地喊道，“瞧，你现在已经吻了我啦！”这时，她的膝盖滑了下去。她短促地叫了一声，差点儿倒在地毯上，K 一把抓住她，还想把她扶住，结果却被她拖倒在地上。“你现在属于我了。”她说。

“这是门上的钥匙，你什么时候想来都可以。”她最后这样说。就在他告别时，她还无目的地在他背上吻了一下。K 走出大门，来到街上，外面正下着小雨。他正要朝街心走去，心想着还能看一眼也许正站在窗前的莱尼；他心不在焉，根本就没有注意到楼前停着一辆车。这时，叔叔从车里冲出来，抓住他的双臂，把他狠狠地推到门口，仿佛要把K钉在门上似的。“小东西，”他大声喊道，“你怎么能这样做呢？你的案子刚刚有了好兆头，让你给彻底弄糟了。你偷偷地跟一个下流的小娼妇躲在一起，居然一躲就是几个钟头。再说，她分明是律师的情人。你连个借口也不找，你一点儿也不遮掩，不，你简直是明目张胆地跑到她那里去，跟她混在一起。而在这期间，我们三个人一直坐在那里，一个是正在为你操劳奔走的叔叔，一个是应该尽力为你争取过来的律师，尤其是那个法院书记官，他是个举足轻重的人物，现阶段正好主管审理你的案子。我们打算商量着怎样来帮助你，我不得不小心翼翼地来对付那个律师，律师又得同样来和那个书记官周旋，怎么说你至少也该来助我一臂之力。你可好，反而溜得无影无踪。到头来，遮也无法遮了。当然，这两位先生都是彬彬有礼熟谙世故的人，他们看在我的情面上，没有提你不在的事。可是，到了最后，连他们也忍无可忍了，只是因为他们难于把这事说出口，所以才沉默不语。我们呆呆地坐在那儿好几分钟，谁也一声不吭，静静地听着，想等你回来。一切都白搭了。最后，书记官只好起身告别，因为他在这儿呆得太久了，远远超过了他本来打算要呆的时间。他没有能帮助我，显然替我感到遗憾；他怀着无与伦比的好意在门口站着还等了一会儿，然后才离去。他走开以后，我当然才松了一口气。在这之前，我几乎都喘不过气来了。这一切给那病病歪歪的律师的刺激就更厉害了。当我向他道别的时候，这个好心人居然一句话也说不出来。你这下子大概把他彻底搞垮了，加速了一个你所依赖的人的死亡。而我呢，你竟让你的叔叔在雨里——你摸摸，我浑身都湿透了——等了你好几个钟头，我真深感忧虑不安啊！”

Franz Kafka

Das erzählerische Werk

Der Prozess

律师——厂主——画家

一个冬天的上午——外面下着雪，一片灰蒙蒙的——，K坐在他的办公室里，早早就感到精疲力竭了。为了至少不让自己在那些下属面前丢面子，他吩咐办事员不许放任何人进来，借口说正忙着一件要事。但是，他并没有工作，而是坐在椅子里扭过身，懒洋洋地推开摊在办公桌上的几样东西，然后却不知不觉地伸开一只胳膊搁在桌面上，耷拉着脑袋，一动不动地坐着。

他现在一直牵挂着自己的案子。他时常想，如果写一份辩护书递给法院，也许不会有什么坏处。他想在辩护书里简述一下自己的生平，凡是他觉得比较关键的地方，都要加以说明，他当时为什么要那么做，现在看来该不该那么做，理由是什么。这样一份辩护书，跟律师那赤裸裸的辩护相比，毫无疑问会有好处。再说律师通常也并不是无懈可击。K 根本不知道那律师为他的案子做了些什么。反正不会多，已经一个月了，他没有再招 K 去他那儿，而且从以前的谈话来看，没有一次使 K 觉得可以指望那三个人能帮他什么大忙。按理说，确实有许多情况需要问个清楚，可律师压根儿就不怎么提问题。至关要紧的就是能够提出问题来。K 觉得他自己就能提出所有在这里必须提出的问题。然而，那律师却不闻不问，不是自己东拉西扯，就是面对着 K 一声不吭；他身子微微朝前倾屈在办公桌上，可能是听觉不灵的缘故，捋着一小绺胡子，目光朝下凝视着地毯，也许正好看着他和莱尼躺过的地方。他不时地给 K 提一些毫无意义的劝告，就像在劝说小孩子一样。那些话既无济于事，又无聊透顶，到最后结账时，K 为此一个子儿都不打算付给他。律师觉得羞辱够了 K 以后，通常又会开始给他敷衍塞责地鼓鼓气。他然后总会说，他已经全部或者部分地打赢了许多类似的官司。这些打赢的官司，虽说实际上也许不像K的这场官司这么困难，但表面上则更显得没有打赢的希望。这些案例他都保存在这儿的抽屉里——他说着敲了敲办公桌上的一个抽屉——，只可惜他不能把案卷拿出来给K看，因为这是法院的秘密。不管怎么说，他从这些打过的官司中所取得的丰富经验现在当然对K很有益处。不用说，他立即就会着手为K的案子奔走，第一份辩护书已经差不多快要递上去了。这份辩护书非常重要，它所带来的第一印象往往会决定整个诉讼的进程。但是，他当然觉得有必要提醒K，最初的辩护书到了法庭上，有时会被置之不理，法院不问青红皂白就把它们塞到案卷里了之，并且说什么目前传讯和观察被告比任何书面的东西都重要。如果辩护律师催问得紧了，他们便补充说，在作出判决之前，只要全部证据齐备了，他们自然会结合起来审理所有的案卷，也包括这第一份辩护书在内。但是，不幸的是，即便是这样，大多数情况下也未必能办得到，第一份辩护书常常会被搁置到一旁，或者根本就不知去向；即使它最终保存了下来，正像律师哪怕只是道听途说来的也罢，也难得有人看过。这一切令人感到遗憾，但并非完全没有道理。K的确不可小看诉讼过程不公开这一点；如果法院认为有必要的话，诉讼过程才能公开，但法律上没有规定必须公开。因此，被告和辩护就不可能看得到法院的有关案卷，尤其是起诉书。这么一来，人们一般不知道，或者至少不能确切地知道，第一份辩护书应该针对什么。所以，即使第一份辩护书里可能会包含着对案子某些有意义的东西，可毕竟不过是偶然的巧合而已。只有当控告的细节及其依据在审理被告的过程中趋于明朗化，或者可能猜得出来的时候，辩护人才能拟定出真正切中要害和有说服力的辩护书。在这种情况下，辩护人自然处于一种非常不利和困难的境地。不过，这也不是偶然的。从根本上来说，法律并不宽容辩护，只是允许辩护而已，甚至连有关法律条文在至少可不可以理解成允许辩护这一点上也争执不休。因此，严格地说，根本就不存在为法院所承认的律师；事实上，所有作为律师出庭的人不过是被挤在角落里的无名小卒而已。这样便使得律师行当蒙受着莫大的耻辱。K 下次去法院的时候，可以看一看那间律师办公室，准会叫他大吃一惊。一帮律师挤在一间又小又矮的办公室里，这已经说明法院根本就不把他们放在眼里。整个房间里只靠着一扇小窗透进光来。小窗挂得高高的，你要想看看外边，就得请个同事把你架到背上，但扑鼻而来的是附近烟囱里冒出来的乌烟，会呛得你喘不过气来，把你的脸弄个污黑。只消再举一个例子，你就可以看看这样的状况到了何等地步：一年多以前，这房间地板上就穿了个洞，虽然没有大到能掉下一个人去，可也足够让人陷进一条腿去。律师办公室位于阁楼的上层，所以只要有人一跌进去，他的腿就会穿过洞悬吊在阁楼的下层，也就是说正好挂在当事人等候传讯的走廊上方。如果在律师圈里把这种情况看作是丢脸，这并非言过其实。任凭律师们怎么向法院管理部门反映，丝毫也没有结果，况且还严格禁止律师自己出钱对办公室进行任何形式的改变。但是，法院这样对待律师自有考虑，那就是尽量不让辩护律师插手，一切都应该由被告自己承担起来。这种立场固然不无道理，但如果由此得出被告在法庭上不需要辩护律师的结论的话，那似乎是大错特错了。相反，这个法庭比任何别的法庭都更需要有律师来插手。一般说来，诉讼过程不仅对公众保密，而且对被告亦是如此。当然，尽管说保密只是就可能的范围而言，但保密的范围实际上是非常大的。由于被告也无法了解法庭的案卷，要从审讯中推断出审讯所依据的材料谈何容易，尤其是被告有案在身，囿于各种各样使他分散精力的忧虑之中，于是，这里就需要有辩护律师来插手。审讯时一般不允许辩护人在场，因此，他们就得在审讯过后，也就是说，尽可能快地在审讯室的门口向被告询问审讯的情况，从那些往往乱作一团的谈话里梳理出对辩护有用的东西来。可是，这并不是最顶用的，通过这种方式不可能得到许多东西。当然，这儿同别处一样，有能耐的人会比别人多获得一些。尽管如此，最重要的还是律师的私人关系，辩护的主要价值就在于此。K 现在肯定已经从亲身经历中发现，法院最底层的组织并不是十全十美的，玩忽职守的和贪图贿赂的大有人在，这个严密的司法制度因此出现了相当多的漏洞。于是，一大群律师就从这儿挤了进去，行贿受贿，打探虚实，甚至发生案卷被盗事件，至少从前有过这样的事。不可否认，对被告来说，这种方法，一时可以获得一些甚至令人惊叹的有利结果。那帮小律师因此四处自鸣得意，大肆吹嘘，吸引新的委托人。但是那些玩意儿对于案件的进一步发展不是无济于事，就是适得其反。惟独真诚的私人关系才具有真正的价值，也就是说跟较高级的官员的私人关系，这里当然指的只是低层里的较高级的官员。只有借着这种关系，才能对诉讼过程施加影响，即使开始难以觉察，但是往后会越来越明显。当然，能有这种关系的律师则寥寥无几，说来K的选择是很幸运的。不过也许就那么一两个律师能够夸口说他们有像胡尔德那样的关系。不用说，这些人不屑去理睬坐在律师办公室里的那一帮家伙，跟他们也毫无关系，相反跟法院官员的联系就更加密切。胡尔德博士甚至用不着每次都去法院，在预审法官的接待室里恭候着法官的偶然出现，看着他们的脸色取得一点大多只流于表面的收获，或者压根儿连这个也不是。不，他用不着这样，K已经亲眼看到了，那些官员们，其中不乏身居高位者，自己找到胡尔德博士门上了，自愿提供公开的或者至少不难解释的情况，跟他们商量案子下一步怎样进展，甚至在一些具体事件上，他们会被他说服并且乐意接受他的意见。然而，恰恰在这一方面，切不可过分地信赖他们。即使他们振振有词地发表一通有利于辩护的新意图，可他们也许会径直回到自己的办公室，为第二天作出恰恰与之相反的法院决议；虽然他们声称完全摆脱开了本来的意图，但对被告来说，新的决议也许会更加严厉。对此律师自然无能为力，因为跟他们私下里说的，也不过是私下说说而已，无法摆到桌面上来，更何况辩护人通常也要竭力去博得那些先生们的好感。从另一方面说，当然也有道理。那些先生们跟辩护律师，当然只跟内行的辩护律师拉关系，不仅仅是出于人情或友情，更确切地说，他们在某些方面也离不开辩护律师。这里正好露出了一个从一开始就坚持审讯要保密的司法机构的弊病。法官们高高在上，跟大众相脱离；他们对于一般的案子驾轻就熟，这类案子的审理有轨可依，几乎在自行运转，只需要时不时推一推就行；然而，如果碰到过于简单的案子，或者特别棘手的案子，他们往往就一筹莫展，因为他们一天到晚禁锢在自己那一套里，对人与人的关系没有正确的理解，而在审理这样的案件时，难能可贵的就是人际关系。于是，他们就来到律师这儿求教，身后跟着办事员，捧着那通常总是讳莫如深的案卷。谁会料到，就在这扇窗前，屡屡可以碰上他们，看着他们坐在那儿，无所适从地向外望着胡同，而这律师则坐在办公桌前，审理着案卷，帮他们出谋划策。再说吧，恰恰在这种场合，人们会看到那些先生何等严肃地对待他们的职业，看到他们遇到自身不可逾越的障碍时又会陷入多么沮丧的地步。他们的处境说来并不容易。如果把他们的处境看得很容易，那对他们就不公平了。法院的等级层层向上，漫无止境，甚至连内行也难以弄清楚。可法庭上的诉讼程序一般也对低一级官员保密，因此，他们连自己正在处理的案子也几乎难以全弄明白下一步怎样进行，也就是说要审理的案子出现在他们的案头上，而他们往往既不知道这案子来自何方，也不晓得将传到哪儿去。这么说来，那些官员错过了可以从研究诉讼的各个阶段、最后的裁决及其理由中吸取经验教训的机会。他们只能囿于审理法律限定给他们的诉讼部分，至于后来的情况怎样，也就是说他们自己办案的结果如何，往往比辩护律师知道得还少。辩护律师通常始终跟被告保持着联系，差不多一直到诉讼结束。那么，也就是在这一方面，他们可以从辩护律师那儿获取好些很有价值的情况。当K留心到这一切时，就不会再因为那些法官有时候会冲着当事人侮辱性地——谁都会有这种感受——发泄出神经过敏的脾气而感到大惊小怪了。所有的官员无不神经过敏，无论他们显得多么镇定自若。不用说，尤其是那些小律师首当其冲。比如说，流传着这样一个故事，很能披露这种真相：有一位年高资深、为人善良、心平气和的法官，他接手了一桩难办的案子，特别由于律师呈递了辩护书，案子变得错综复杂。他整整仔细琢磨了一天一夜，——那些法官办事确实孜孜不倦，没有人能比得上。就这样，他苦苦干了二十四个钟头，大概毫无成效。到了第二天清晨，他走到大门口，躲在门后，把要进来的律师一个个都推下阶梯去。那些律师们聚集在下面的楼梯口上，商量着该怎么办；一方面，他们没有真正的权利可以进去，因此，从法律上来说，他们几乎无法对这法官采取任何行动，而且，就像前面已经提过的，一定要谨慎行事，免得冒犯了法官们。但是，另一方面，他们一天进不了法院就意味着一天的损失，因此，他们又极力想挤进去。最后，他们一致认为，要对这老先生施以疲劳战。于是，律师们轮流一个接着一个冲上楼梯，尽量拉开不过于消极抵抗的架势，听凭法官又给推下来，落到站在楼梯口的同事们的怀抱里。这样持续了差不多一个钟头，那位由于通宵工作已经筋疲力尽的老先生便感到支持不住了，只好回到自己的办公室去。站在下面的律师开头还不敢相信，便指派了一个人上去看看门背后还有没有人。然后他们才走了进去。据说他们进去后连轻轻嘀咕一声都不敢。律师们——就连那些最不起眼的律师至少说也能够部分地看清法院的状况——绝不会自愿提出对法院实行或者实施什么样的改进。相反，几乎每个被告，即便是头脑非常简单的被告，只要一涉足到诉讼里，就开始考虑起改进的建议，因此往往耗费了可以更好地留作他用的时间和精力，这是十分普遍的。惟一理智的做法就是听凭现状。即使说改进细小问题有可能——不过这么想也是愚不可及的——，可取得的一点好处也至多不过是对以后的案子有利，而提出改进建议的人反而会给自己招惹来不可估量的损失，他因此惹起了那些始终蓄意报复的法官的特别注意。千万不能引起他们对你的注意！要安之若素，不管事情多么违背自己的意愿！要力图去认识，这个庞大的法院机构在某种程度上说永远处在一种微妙的状态中，人们虽然可以依靠自己的力量，在自己的位置上改变些什么，可因此也毁掉了自己的立脚之地，到头来会跌个粉身碎骨。相反，这个庞大的机构则会给自身在另外的地方——其实一切都是相互关联在一起的——为这个小小的扰动，轻而易举地寻求到补偿，从而保持平衡，甚至很可能变得更加封闭，更加严酷，更加残忍。既然你把事情托付给了律师，就不要去制造干扰。指责是没有多大用处的，尤其是在自己都不能让人理解自己指责的原因的全部意义所在时更是如此。但是，这里倒有必要指出，K 对待法院书记官的无礼行为，对他的案子带来了多少损害。这位很有影响的人物差不多可以从那些多少有可能为 K 帮忙的人的名单上划掉了。就是有人顺便提起这桩案子，他显然有意听而不闻。在好多方面，法官们真的跟小孩子一般，他们往往会为区区小事 —— 只可惜 K 的行为当然不属于这类小事 —— 而大动肝火，甚至跟好朋友也反目，见了他们就扭头躲开，并且千方百计故意跟他们作对。可是，过后说不定什么时候，事情会来得出人意料，也没有什么特别的契因，只是因为开了一个小小的玩笑，就会引逗得他们开怀大笑，于是便跟你重归于好。你之所以孤注一掷开这种玩笑，无非是因为一切看来毫无希望了。要跟他们打交道既容易又困难，几乎没有什么准则可言。有时候也会让人感到吃惊。你一生孜孜不倦，就是为了掌握那么多的知识，从而使自己能够在这一行当里有所成就。

当然，你也少不了有心灰意冷的时候，谁都一样。在这种时候，你会以为自己一无所获，你会觉得好像只有那些一开始就注定要成功的案子才有好的结局，似乎不用律师帮忙就成功了，而所有其他的案子，不管你怎么四处奔走，怎样费尽千辛万苦，怎样为一个个表面上的小成功欢乐，终归都要输掉的，无一例外。这样一来，你自然对什么都没有了把握，甚或人家说正是因为你插了手，使得本来进展顺利的案子走了岔道，而你连这样确切不过的作难都不敢去否定。这的确也是一个自信的问题。不过，到了这一步，除此而外，也没有别的什么可言了。这样的心理状态——这当然不过是心理状态而已——使得律师们苦不堪言，尤其是当他们正十分满意地把案子推向预期目的，不料突然被人从手里夺走了的时候则更甚。这无疑是律师碰到的最糟糕的事情。这并不是说被告从他们手里撤去了案子，这种事情从来还没有发生过。

被告一旦选定了律师，无论发生什么情况，都得跟律师同心同德，信任到底。既然他已经请人帮忙，他若要独行其是，怎么能招架得住呢？因此，这种事情就不会发生。但是，有时候免不了发生这样的情况：案情起了变化，律师无法继续过问了。案子、被告和其他一切都一股脑儿从律师手里撤走了。这么一来，哪怕律师跟法官们的关系再好，也鞭长莫及，因为连法官自己也一无所知。案子正好发展到了不再允许任何干预的阶段，转到了谁也无法接近的法庭上去审理，律师也无法再跟被告联系。于是，哪一天你回到家里，会发现那一大摞你为之煞费苦心、满怀希望写成的辩护书全部堆放在你的桌子上；那些辩护书给退了回来，成了一堆废纸，因为审判的新阶段不再需要它们了。这里肯定还不能说官司已经打输了，绝对不能，至少没有确切的理由这么推论。你只是不能再了解案子的现状，也不会再得到案子进展的情况。值得庆幸的是，这种情况只是例外，即便说 K 的案子属于此类，那么眼下看来，还不至于很快就发展到这种阶段。而现在，还大有律师派上用场的机会，K 可以放心，这个机会是不会放过的。刚才已经说过了，第一份辩护书还没有呈递上去，不过这也不必着急；更重要的是跟有权威性的法官进行磋商，这些已经做了。坦率地说吧，成效不一。最好暂时别探问细节，这会给 K 带来不利的影响，要么会使他忘乎所以，要么会使他忧心忡忡。这里只说一说，有的法官谈得很投机，也表示十分乐意帮忙，而另一些谈得并不那么投机，可是绝对不能说他们不肯帮忙。总的说来，结果非常令人满意，可千万别就此得出超乎寻常的结论来。所有的预备谈判大都是这样开始的，只有在案子进一步发展过程中，才会显示出这些预备谈判的价值所在。不管怎么说，迄今一切进展顺利，没有失策的地方，要是还能够使法院书记官既往不咎，把他争取过来——为了达到这个目的，已经做了多方面的工作——，那么这整个案子——用外科医生的话来说——就变成了一个纯粹的伤口，人们就可以放心地期待着案子的下一步进展。

K的律师一谈起这样或者类似的话题来，就会滔滔不绝，没完没了。每逢K去拜访他，他总要重弹一遍老调。每次都说有进展，可没有一次告诉他进展到底是什么。他一直忙于准备第一份辩护书，可总也写不完，而且下一次去拜访时，这反倒成了件好事，因为最近几天不适宜往上呈递辩护书，这是谁也无法预料到的。有时候，K实在听厌了律师的讲话，便插上一句说，即使把所有的困难都考虑进去，说到底，事情也进展得太慢了。于是，律师就反驳道，事情进展得一点也不慢。不过话说回来，要是K能及早求助于律师的话，他的案子无疑已经大大地向前推进了。可遗憾的是K坐失了良机，这种疏忽还会带来其他的不利，不只是时间上的。

惟有莱尼的出现，才能打断这一次次的拜访讲话，这叫K打心底里感到求之不得。她总是有意趁着K在场的当儿给律师端上茶来。然后，站在K的身后，好像是在看着律师贪婪而深深地朝茶杯俯下身去，倒上茶呷起来，实际上却偷偷地让K握着她的手。屋子里寂静无声。律师在呷着茶，K在捏着莱尼的手，莱尼有时会壮起胆子，温情脉脉地抚摩K的头发。“你还站在这儿？”律师喝好茶后会这样问道。“我要等着把茶盘子端走。”莱尼总是这样回答；K最后又捏捏莱尼的手。律师抹抹嘴后，又乘兴对K振振有词地讲起来。

律师是在力图安慰他呢，还是要使他失望？K说不上来。但是，他认定自己找错了辩护人，肯定无疑。当然，律师所说的一切也许都是实情，尽管他想极力置自己于显赫地位的用意显而易见，大概从来还没有办过一件在他看来像

K 的案子这样重大的案子。然而，他口口声声吹嘘自己跟那些法官有私人交情，倒叫人好生疑窦。难道说他利用这些私人关系肯定都只是为了 K 的利益吗？律师从来不会忘记说，这些法官都是低一级的法官，也就是说，他们完全处于从属的地位，办案中出现的某些转机很可能会对他们的升迁起着举足轻重的作用。也许他们在利用律师，有意来制造这种当然永远不会对被告有利的转机吧？也许他们不是办每一件案子都这样做。毫无疑问，这是不大可能的。而在办一些案子时，他们准会给律师一些好处，有劳就有酬，维护律师的职业声誉无疑也符合他们的利益。如果事情果真是这样的话，他们会怎样插手 K 的案子呢？按律师的说法，这案子是很棘手的，因而也很重要，一开始就在法院里惹起了很大的注意。他们会做些什么，没有什么好怀疑的了，迹象已经可以看得出来：虽说这案子已经拖了好几个月，可第一份辩护书至今还没有呈上去，而且照律师的说法，一切都刚刚开始。这话当然是拿来迷惑被告的，使他处于无所适从的境地，以便后来不是突然下个判决使他措手不及，就是至少发个布告，说什么预审已经结束，结果对他不利，案子已移交上一级法院审理。

现在到了绝对需要K亲自过问的时候了。在这个冬天的一个上午，K陷入精疲力竭的心境中，听凭千头万绪的念头在脑海里翻腾，这个要亲自过问的信念更加不容推卸地占据了他。往日对这案子的轻视也不复存在了。如果在这世上只有他一个人，他就会无牵无挂地对这案子嗤之以鼻。但是，如果真是那样的话，又怎么会发生这种事情呢？可是现在，叔叔把他拖到了律师那儿，家庭的顾虑一起搅和进来了。他的地位已经维系在这案子的进程中，不再完全超脱得了，他自己怀着某种无法解释的自鸣得意劲儿，在熟人面前轻率地提起案子的事，另外一些人不知道从哪里也晓得了这事。他跟毕尔斯泰纳小姐的关系似乎也随着案子而动摇不定，——一言以蔽之，他几乎再也没有选择接受或者拒绝审判的可能了；他身陷其中，就得保卫自己。如果他打不起精神来，后果是不堪设想的。

但是，眼下还没有过分忧虑的必要。在不太长的时间里，他有能力在银行里奋斗到他今天令人仰慕的职位上，而且在这个职位上左右逢源，赢得公众的认可；他现在只需要把那些能够使他有今天的才干稍稍用在这案子上，毫无疑问，结果一定会如愿以偿。如果要想有所得，首先必须立即摒弃任何自己可能犯有罪过的心理。根本就没有罪过可言。这种诉讼不过是一大交易而已，如同他为了给银行带来好处所做过的交易一样；在这个交易中，隐伏着各种各样的危险，正等待着你一定要去消灭掉，这就是交易的规律。为达此目的，你当然不能有犯罪的心理，而应该尽可能地抓住对自己有好处的考虑。从这个观点出发，下决心从胡尔德律师手里撤走委托便是不可避免的，而且越快越好，最好就在今天晚上。按照律师的说法，这样做是闻所未闻的行为，而且很可能要大伤人心。但是，叫K忍无可忍的是，他在这案子中所付出的努力，碰到的也许正是出自于他自己的律师一手制造的障碍。一旦摆脱掉律师，那就得立刻把辩护书递上去，而且尽可能天天去催法官来考虑它。要达此目的，K当然不能像那帮人一样毕恭毕敬地坐在走廊里，把帽子塞在凳子下面，这样做远远不够。不管K本人，还是请那几个女人，或者派别的听差也好，必须天天有人去盯着那些法官，追着他们坐到自己的桌前去研究K的辩护书，别再透过木栅往走廊里张望。这样的努力一刻也不能松懈，一切都得有组织，有监督，要让法院领教一个懂得维护自己权益的被告。

然而，即使 K 有勇气去实施这一切，可起草辩护书的事真难住了他。以前，大约在一个星期前，他想到过有一天自己会被逼到起草这样一份辩护书的地步，竟然只能有一种丢脸的感觉。他压根儿就没有想到，这事也会难住人。他还记得，有一天上午，他正在埋头工作，突然把一切事情都推到一边，顺手抓来记事本，试图拟出这样一份辩护书的提纲来，也许拟好后可以提供给这个慢性子的律师用。但就在这时，经理办公室的门打开了，副经理哈哈大笑着走了进来。K 当时感到十分的不自在，尽管副经理自然不是在笑他写辩护书，他对这事一点儿也不知道；副经理笑个不停，因为他刚刚听来了一个交易所的笑话。为了让 K 明白这个笑话，需要画出图来示意。于是，副经理把身子俯到 K 的写字台上，从 K 手里拿过铅笔，在 K 准备草拟辩护书的记事本上画起图来。

今天，K 不再觉得有什么丢脸了，这辩护书非写不可。如果他在办公室里找不到时间——这是很可能的——，那就得晚上在家里写。如果晚上时间还不够，那就请假来写。无论如何也不能半途而废；不仅是做生意，就是干任何别的事情，半途而废是再愚蠢不过了。辩护书无疑意味着一项几乎没有止境的工作。不用说是一个瞻前顾后胆小怕事的人，就是一个意志坚强敢做敢为的人都很容易相信，要写成这份辩护书是不可能的。这倒不是因为有意偷懒或者存心拖延——只有那律师才会玩这种永远也写不完的鬼把戏——，而是他对现有的控告一无所知，更不知道由此会引申出什么样的指控。他必须老老实实地回顾整个一生，一五一十地说清楚自己经历过的哪怕是微不足道的行为和事件，从方方面面去检查一番。说来这事是多么无聊啊！也许他有朝一日退休以后，成了返归童心的老头子时再来做这事倒是挺合适的，那时可以借此来消磨难熬的日子。可是现在，K

需要集中全部精力去工作，每时每刻都在十分紧迫的境况中度过。他还处在蒸蒸日上的时期，已经威胁到了副经理；作为年轻人，他还要享受那短暂的夜晚。而现在，他却要坐下来写这个辩护书！他不禁又思潮起伏，怨天尤人，自怜自叹起来了。他不能再这样漫无边际地思来想去了，该到收场的时候了；他几乎不由自主地把手指伸向按钮，按响了接待室里的电铃。他按铃的时候，看了看表。已经十一点。两个钟头，一大块多么宝贵的时间就这样在胡思乱想中虚晃过去了。他当然比先前更加无精打采。然而，这段时间毕竟也没有完全白白浪费掉，他作出了可能对日后很有价值的决断。办事员送来了各种函件和两位在外面已经等了 K 好久的先生的名片。他们可都是银行非常重要的客户，按说根本就不应该让他们等那么久。他们为什么要凑得这么不是时候呢？而他们似乎又会在关着的门外问，为什么一向兢兢业业的 K 竟会让自己的私事占去大好的业务时光呢？ K厌倦了刚才那浮想联翩的思绪，烦恼地等待着还要履行的业务。他站起身来，准备接待第一个客户。

第一个进来的客户是一个K很熟悉的工厂主。这人身材矮小，性情开朗。他一进门就表示抱歉，打扰了K的重要工作,K也向他道了歉，让他等了这么久。可是，就这道歉的话，他说得是那么的不自然，语气几乎让人听不出诚意来。如果这工厂主不是只顾着考虑自己业务上的事，就一定会有所觉察。工厂主并没有注意K的语气；他急急忙忙地掏出装在各个文件袋里的账目和表格，摊在K的面前，逐条逐项地向K解释，改正了一个他匆匆过目时都不会漏掉的小错，提醒K约摸一年前曾跟他做过一桩类似的生意，顺便还提到，这回另有一家银行愿意做出最大的牺牲来承揽这桩生意。他一气说完以后，便不声不响地期待着K的反应。一开始，K确实十分留心地听着工厂主的陈词，想到有这么一桩重要的生意可做，真也叫他动心，可是没过多久，他就走了神，再也听不进去了；工厂主慷慨激昂地说着，有那么一阵子他还时而点点头，可到后来索性连头也不点了，只是一边瞪着那俯在文件堆上的光秃秃的脑袋，一边心里自问，他什么时候才能明白他这一席话全都是白费唇舌。工厂主住口不讲了，K 一时真以为他之所以停住讲话，是为了给他一个机会，好让他说明他现在不适于谈生意。但是，让他遗憾的是，他发现工厂主那凝神专注的目光显然是随时准备着对付任何反对意见，也意味着这桩生意非继续谈下去不可。于是，K 像接到命令似的低下头，开始用铅笔在纸上漫不经心地画来画去，不时地停住笔，凝视着一个数字。工厂主猜度 K 会提出异议，也许那些数字真的站不住脚，也许它们无关紧要，不管怎么说，工厂主用手掩住那些文件，紧紧地凑到 K 的近前，重又开始总体描述这桩生意。“这很困难。”K 说着噘了噘嘴，显得无所适从地倚靠在椅子扶手上，因为那些文件是他惟一可以当作依据的东西，现在给遮住了。这时，经理办公室的门打开了，K甚至只是稍稍抬起眼看了看，只见副经理那模模糊糊的身影出现在门前，仿佛蒙在一层薄纱里。K无心去考虑副经理的来意，而只是关注着副经理的出现带来了使他十分高兴的直接效应。工厂主立刻从椅子上跳了起来，径直朝副经理奔去，而K真巴不得他再快十倍；他惟恐副经理又会消失。他的担心是多余的，两位先生碰了面，握过手，接着一起向K的办公桌这边走过来。工厂主一边抱怨说，这位襄理对谈生意漠然置之，一边指着K；在副经理面前，K又低头去看那些文件。然后，这两个人倚在他的办公桌旁，工厂主现在极力想把副经理争取到手。这时，K仿佛觉得在他的头顶上，这两个他想象得过分高大的男人在拿他做交易。他小心翼翼地向上转动着眼睛，漫不经心地寻思着他们在头顶上干些什么。他从摊在办公桌上的那些文件中随意拿起一份，放在展开的手掌上，慢慢地捧给这两位先生看，自己也随之站起身来。此时此刻，他这么做，并没有任何确切的目的，他只是觉得，为了有朝一日写完这份可以使他彻底得到解脱的艰巨的辩护书，就非得这么做不可。副经理把全部注意力都集中在谈话上，只是草草地瞥了一眼那文件，上面写些什么根本视而不见；凡是襄理认为重要的东西，他都不屑一顾。他从K手里拿过文件说："谢谢，我已经都知道了。"说着便从容不迫地把文件又放回桌上。K愤愤不平地从一侧凝视着。然而，副经理一点儿也没有察觉，或者说，即使他注意到了，也只是借此来开开心而已；他不时地高声大笑着，一次机智而俏皮的反驳使工厂主陷入了无法掩饰的窘境，但是，他却来了个自我反驳，立刻又使工厂主摆脱了难堪，最后他请工厂主到自己的办公室里去谈完这桩生意。"这可不是一件非同小可的事情，”他对工厂主说，“我完全可以理解。至于襄理先生，”其实他说这话时，也只是对着工厂主，“我相信，如果我们把这桩事接过来，他是求之不得的。这件事需要的是十分冷静的思考。可是，他今天好像应接不暇，有几个人在接待室里已经等他好几个钟头了。”K总算还有足够的克制力，转过脸去不理睬副经理，只是对着工厂主友好而呆滞地微笑了一下。除此而外，他根本不再去理睬，他两手支在办公桌上，身子微向前倾，好像一个站在柜台后的伙计，眼巴巴地看着这两位先生一边继续谈话，一边收拾起桌上的那些文件，最后消失在经理的办公室里。工厂主走到门口时，还转过身来说，他不会就这么走开的，自然还要把商谈的佳音告诉襄理先生；此外，他还另有一点小事要禀告。

K终于独自一人呆在办公室里了。他毫无心思再去会见任何顾客，而只是恍恍惚惚地寻思道：外面等的那些人以为他还在跟工厂主商谈，这多么叫人爽心呀！这样一来，任何人，就连那办事员都不会来打扰他了。他走到窗前，坐在窗台上，一只手抓着窗把手，望着窗外的广场。雪还在下，天还不见放晴。

他就这样坐了很久，弄不清到底是什么事情使自己心烦意乱，只是不时地扭过头，目光越过肩膀，惴惴不安地朝着接待室望去。他以为听到了响声，其实是幻觉。不过，看不到有人进来，他又镇定下来，走到洗脸池边，用冷水洗把脸，头脑清醒多了，然后又回到窗前，坐在窗台上。他决定自己为自己辩护，现在看来比原来估计的要严峻。他把辩护委托给律师的这段时间里，实际上就没有真正为案子操过多少心。他远远置身事外，观察着案子的进展，几乎跟案子没有过直接的接触。他兴头来了，会去问问案子的进展，可不高兴了，也会扭头扬长而去。而现在，如果他要承担为自己辩护的责任，就得完全听任法院的摆布，至少眼下必须如此。这样做，到头来是要为自己讨回个完全彻底的无罪开释。可要达到这一点，他无论如何免不了要担当比迄今为止大得多的风险。要是他不把心思花在这上面的话，那么，今天跟副经理和那工厂主这样凑到一起，就足以能够使他相信，必须采取与之截然相反的精神状态来应酬。刚才他是多么一筹莫展呀，只为那么一个为自己辩护的决定就神魂颠倒到这般地步？以后又会成为什么样儿呢？等待着他的是什么样的日子呢？他会找到一条冲破重重困难最终如愿以偿的路子吗？要准备一场丝毫也疏忽不得的辩护——任何别的做法都是没有意义的——，同时不就意味着他必须尽可能地放弃其他所有的事情吗？他这样做能幸运地拖得过去吗？而他在银行里又怎样使之有效地付诸实施呢？想来想去，这不光是写一份辩护书的问题；要写一份辩护书也许请一段时间假就行了，尽管现在请假恰好要冒很大的风险；这牵涉到整个的案子，它要持续多久，那是遥遥无期的。一个什么样的障碍，突如其来地抛落在K的前程上！

而现在，难道他还要为银行工作吗？他望了望办公桌。难道现在他还要接待顾客，跟他们谈业务吗？难道说他的案子正在进行，法官们正在阁楼上琢磨他的案卷，而他在这里还能有心思料理银行的业务？这看起来不就是法院蓄意强加给他的一种苦刑吗？它跟这案子息息相关，又陪伴着他形影不离。难道说人们在银行里评价他的工作时，会考虑到他的特殊处境吗？永远也不会的，谁也不会这样做的。对他的案子，银行里并不是毫无所知，虽然到底谁知道，知道多少，还不十分清楚。不过，这话似乎还没有传到副经理的耳朵里。但愿如此，要不然，谁都不难看出，副经理会无视同事与人情关系，借机不择手段地给K大做文章。那么，经理呢？毋庸置疑，他对K有好感，一旦他知道案子的事，很可能会在他力所能及的范围内尽力给K减轻一些工作负担。但是，他的意图肯定是行不通的，因为随着K迄今所形成的抗衡力量开始日益衰弱，经理现在越来越受到副经理的牵制。除此之外，副经理也会充分借经理精神受挫之机来扩充自己的权力。这么说来，K还有什么指望呢？他这样想来思去，也许就削弱了他的抗争能力。不过，无论怎么说，千万不可自己抱有幻想，要就眼下之所能，凡事都得看个清白。